曽野綾子

老いの僥《ぎょう》倖《こう》

GS 幻冬舎新書 467

まえがき――長く生きた者だけが得られるもの

よく、年を取ると人間ができてくるとか、他人を見抜けるようになるとか言うが、私はあまりその気分になったことがない。仮にそんな眼力《がんりき》ができたとして、詐欺師をすぐ見抜けるようになったとしても、そんな技術がめったに役に立つものではない。

ただ年を取ると、長いレンジで、ものを見られるようになる。当然のことだ。三十歳の人は、人生を三十年分の重さでしか見られない。しかし私のように八十年、だらだらと生きてくれば、時々人生の崖っぷちとも思えるような立場にも立ち会わせてもらったから、人間理解もしやすいのである。

居直った言い方をすれば、それが老いを体験した者の特権だろう。ただ特権と言っても、それは「業績に報いられた」からそうなったのではない。あくまで幸運、僥倖《ぎょうこう》で、私は人生のある面に立ち会えたのである。

しかし長く生きれば、その幸運にありつくチャンスはますます増える。ありがたいことだ。

よく、人は体験だけではなく、読書によって賢くなる、と言われる。亡くなった夫も、よく私にそう言ったものだった。私の読書量が足りない、という批判がこめられているのである。

それは知っているけれど、女性の方がどうしても、世間的な雑事に追われる。子育ては絶対のものにしても、私は料理が好きで、自分が食べたいとなると、つい台所に入り込む。時間というのは不動のもので、あることをするのに心根がよければ半分の時間で済む、というわけではない。

私の場合は、読書より、食べ物作りに時間を割きたがる性格だったのだ。そして個々人に与えられた人生の時間の持ち分は絶対のものだから、心がけによって、長く、あるいは短くできる、という要素はあまりない。

しかし怠け者でも、長生きをすれば、それだけ勉強もできる。老い、という言葉は複雑だが、凡人にも与えられる貴重な時間のことである。

正直なところ、私は天下の秀才だけしか辿りつけないような境地にはあまり興味がない。しかし黙々と何年も、日々の努力を重ねると、誰でも行きつけるかもしれない地点なら、関心がある。もしかして私も長年、その道を歩いて行けば、目的地に到達できるかもしれない、と夢見られるのである。

それに、自分自身も長い時間のうちに変質する。劣化する場合も多いが、考えられないような方向に質的変化を遂げる場合もある。これは個人の努力の結果ではない。まさに神が私の人生に関与している証拠である。だから私は居住まいを正して、その結果を受け取る。

ギリシャ人は彼らの神話の世界に、モイライと呼ばれる三人の運命の老女神たちを持っていた。一人はクロートー（紡ぐ者）、もう一人はラケシス（分け与える者）、そしてアトロポス（曲げ得ない者）の三人で、クロートーは現在を織り紡ぐ。ラケシスは未来の糸口を解き、各人に分け与える。アトロポスもその糸を切る鋏《はさみ》を使う役目として考えられている。

いずれにせよ、人は自分の生涯を自分で完全に支配してはいないのであろう。私は運命論者ではないが、自分で自分の生涯を完全に左右できるとも思ったことがない。時折人間は運命に支配される、と思って納得している。

老年とは「老獪《ろうかい》」になることだろう。老獪とは、これまたあまりいい言葉ではない。年を取って狡《ずる》くなり、悪賢《わるがしこ》くなることだという。「悪」がついても賢くなれればいいけれど、悪く「ぼける」ことだってある。

しかし老年という時間の堆積には、その醜怪《しゅうかい》ささえ、穏やかな現実として定着させる発酵の結果の力があることはほんとうだ。

二〇一七年九月　　曽野綾子

老いの僥倖／目次

第二章 人は会った人間の数だけ賢くなる

第五章　「美老年」になる道はいくつもある

第六章 もういやなことを考えている暇がない 161

第七章　老いの試練は神からの贈り物　199

構成　木村博美
DTP　美創

第一章

人間が熟れてくるのは中年以後である

人は加齢と共に変質するからおもしろい

年月のおもしろさは、個人の変貌《へんぼう》にある。

＊

人間自体が年を取ると若い時とは全く別人になっている。少なくとも私はそうだ。「三つ子の魂、百まで」と言われる悪癖の部分は残っているが、確かに十代、二十代では全くしなかったような考え方をするようになっている。簡単にいい人間に変わるとも言えないし、ぼけてばかになったとも言い切れない。しかし変わっても不思議はない。人は変わるのだ。変質するのである。それが加齢の力だ。

歳月は叡知の一部

時間は、終生、私にとって偉大なものであった。時間は、私の中の荒々しい醜さの、常に漂白剤でもあり、研磨剤でもあり、溶解剤でもあり、稀釈剤でもあった。時間は光でもあった。まだ日の出前に字を読もうとすると暗くて見えないことがある。フェルメールの絵の人物が常に窓際にいるのは、電気のない時代の人たちは、現実問題としていつも窓際でしか充分な光度の中で手紙も読めず、針仕事もできず、子供もあやせなかった。光は時間と共に射すこともあり、同時にまた時間と共に消え失せる場合も多いのだが、その変化が人間に多くのものを語り、教えるのである。

歳月は叡知《えいち》の一部である。

＊

体力が落ちるにつれて、心の動きは活発になる

肉体の老化とは別に、精神の分野は、五十代、六十代の方が、三十代、四十代より明らかに複雑になっている。五十代がおもしろいなら、六十代はもっとそうであろうし、

ぼけずに七十代に入れたら、さらにおもしろくなるだろう。そういう恵まれた人たちは八十代、九十代にもみごとに生きられるということに、挑戦してみたくなって当然である。

人間が熟れてくるのは中年以後である

四十歳を過ぎるということが、これほどに人間を豊かに熟させるものか、というのが、幸子と二十年ぶりに会った美津子の感慨だった。昔、幸子は印象の薄い娘で、成績が悪くはなかったのだろうが、あの人がこんな滑稽な失敗をしたとか、こんなとっぴな意見を述べたとかいう記憶を一切人に与えない子であった。今もその意味では、あまり目立たない中年女だが、書道だけは結婚後もずっとやっていたとかで、アパート中、彼女の作品だらけだった。

「便利なのよ。あんまり美的じゃないけど、こういう壁面に、ちゃんとした絵を買うとなったら大変でしょ。だけど私の作品ならタダですもの」

書は、何が書いてあるのか、美津子にはわからない。おおかたは、中国の詩人の書いたものとか何とかであろうが、これは川の風景をうたったものかしら、と推測する程度であった。

「いいわねえ、このうちには、芸術的な気分が溢《あふ》れてるわ。うちなんか、生活の匂《にお》いがするだけだもの」

美津子がそんなふうに言えたのも、つまりは久しぶりに会った幸子に、そう言わせるような気楽な空気があったからだった。

人間は与えられた場所で生きる他はない

人はその時々に与えられた場所で、与えられた状況で、与えられた時間を生きる他はない。この三つの要素の中で、人為的に変えられないものもあるが、時間の使い方に関しては、目下の日本では、かなり自分で自由に管理することができる。つまり自分が時間の主《あるじ》になることが芸術なのである。

パソコンをやりすぎると、人間らしさが欠けてくる

私の幼い時、母はよく私に時間を無駄にしないようにしなさいと言った。(中略)まだ小学生の私に母が言ったのは、一日は二十四時間しかないということだった。これは確かに偉大な真実だったろう。

夜はちゃんと寝て、歯を磨いたり顔を洗ったりお風呂に入ったりして後に残るのは何時間なのか考えてごらんなさい、というわけだ。

他のものなら、無理してお金をそちらに回すことで「買える」ものもあるかもしれない。しかし時間だけは買えない。一日を二十五時間にすることもできない。

決してやりくりできないものが現世にはけっこうある。一日の長さ、死、自分以外の人間になることなどである。だからこれらのことについては、正面切って学ばねば基本的な概念を失う。

当時の母が私に命じたのは、はっきりと目的を持って時間を使うことだった。遊びなら遊びでいい。しかし、女の子同士で(当時はケータイもないから)毎日のようにお手

紙のやりとりをしたりして過ごすことはやめなさいと厳しかった。

母は私がどんな読書をしても禁じなかった。その年にしては読むべきではないとされていた「大人の本」を読んでいたことも知っていただろうが、叱《しか》られた記憶はない。

私は今、コンピューターで原稿を書いているが、ブログだのツイッターだの、ホームページだのは全くやらない。あれはタバコ、コーヒー、酒などと共に、中毒になりそうだからだ。

「必要なそのものだけを見る」「自分が使える内容のものだけを探しだす」のではなく「ついでに他のものを見る」という人が増えすぎて、しかもその情報が必ずしも正確でないという無駄に気がついていないからである。

私はコンピューター時代に逢《あ》えたことを幸運だと思っている。膨大な資料上の数値を信じられないほどの短時間のうちに処理できる機能は現世の奇蹟としか考えられない。

しかし個人的な生活では少し別だ。あの機能に馴《な》れると人間的と思われる部分が欠けてきそうな気がするのである。

❖一日十六時間の使い方がその人の生涯を決める

「じゃ知的内面生活のある人、って、どんな暮らしをしているんですか?」
と聞かれたことがある。
単純に答えれば、少なくともそういう人たちは、まず読書の習慣を持つ。それゆえに、ある程度の基本的知識を持っている。インターネットやホームページの知識と、書物による教養とは全く別のものである。知識だけでなく、教養もあれば、その結果として、人間を見る眼《め》も自然にできる。正しい日本語も自由に使えるようになるはずだ。(中略)
それらの知的生活を達成するためには、通常肉体的に折目正しい日常生活を営まざるを得ない。一日は二十四時間しかないのだから、明け方のワールドカップも見て、読書もするなどということはできないのである。何かを犠牲にして、私たちは本来得たいものを得る。それを選ぶのはその人の責任なのである。

＊

一日約十六時間ほどの使い方こそ、その当人の生涯を決める要素になる。

死ぬ運命を見極めると時間を無駄にしない

私はカトリックの学校に育ち、子供の時から毎日死ぬ日のために祈った。人生はその誕生の日から、モータル（死ぬ運命）にあることを子供の時から教えられる、ということは実に贅沢《ぜいたく》な教育だった。

それでこそ、初めて自分の人生の日々をどう使うか、という計画もできるし、生命の維持のために手を貸してくれるあらゆる人の行動に深い感謝の気持ちも持てる。

人間が平等であるということは、すべての人に死が一回ずつ必ず与えられていることによって納得できる。その代わり二回死ぬ人もない。

死ぬ運命を見極めると、逆にしたいことがはっきり見える。どうでもいいこともわかる。だから時間を無駄にしない。

一生は「今、この一刻」の連続である

結婚、家庭、健康、病気、老年、死などというものは、誰にとっても永遠の問題である。自分だけが困難を抱えている、と思う方もおかしいが、私たちにとっては、政治や経済の危機より大きく感じられるものである。そしてまたそのむずかしさを解決する方法は、現在もないし、将来もあるわけがない、とも思う。

しかしそれにもかかわらず、救いというものがなくはない。それは過ぎて行く時間を、それなりに賢く使うことである。この一刻が耐えられ、できたら楽しいものであり、さらに目的を持つものであるならば、その連続である一生は決してみじめなものではないはずだ。

人生を濃縮して味わうために必要な「沈黙の時間」

今時、「人生、いかに生きるべきか、などと考える方が時代遅れね」という人もある

だろうが、私は快楽主義者だから、やはりそのことを考え続けて生きている。何がおもしろいか、どう生きたら一番私らしいか、ということについて策を巡《めぐ》らすのは、限られた生の時間を濃縮してもっとも有効に使うために必要なことなので、それには、沈黙の時間がいるのである。

瞑想《めいそう》ということが、人間の尊厳を保つために必要であることは、世界中の多くの国で認められていることである。しかし日本は、総理大臣が座禅をすることさえ、時には揶《や》揄《ゆ》する国である。その人がそれほど道徳的でもないのに、というのがその理由らしい。

しかし私をも含めて多くの人が、総理の私生活など詳しく知りはしないであろう。従ってその人がどれほどの道徳性を持っているかなどということも量《はか》りようがない。わかるわけがないことまで、知る権利だとして要求する人がいるが、私はどんな社会になっても、人間の心の奥底には、他人の窺《うかが》えない部分がれっきとして残存するものだと思っているから、総理が瞑想をする習慣そのものは、やはりいいことだ、と感じている。

もっと平たい言葉で言うと、瞑想とか沈黙とかは、人間をその人らしくする。そこには一種の退屈があるからである。今のようにテレビ・ゲームや、お噂《うわさ》週刊誌で何時間も時間を「潰す」ことができたりすると、人間は退屈しない代わり、ものごとの本質に迫って考えるということをしなくなる。

❖人生には立ち止まる時がなければならない

本当は人間は人生の途中で、ゆっくりと立ち止まって風の声を聞くような日々がなければならないのである。そうでなければ、どちらの方角に歩き続けたらいいのかわからなくなる。

❖回り道する時には、する必然がある

「お互いに若気の過ちだけはしない歳《とし》になっていて、よかったのかもしれないよ」

有馬は言った。

「僕は昔から君を好きだったけど、ずっと言いだしそびれてた。それに僕は、君が結婚

した頃《ころ》、まだ絵描いて生きていけるかどうかわからなかったし、パリではひどい貧乏生活してたから……正直言って、常識的な結婚なんてする暇も余力もなかったものね。こんな程度のアトリエとうちだって建てられるとは、あの当時、とうてい考えられなかった」

「いいのよ。回り道って、する時にはする必然があったのよ」

努力が実る時期は誰にもわからない

人生で望んだ方向に努力しても、世の中は自分の思う通りにはならないことだらけだ。解決するのは時間である。その「知恵」を教えてくれたのは、畑仕事であった。種を蒔《ま》いたり、木を植えたり、するだけのことをしなければ実りもないが、収穫の時期を決めるのは植物自身であって、決して人間ではない。

電照菊とか、温室栽培とか、球根を冷蔵庫に入れるとか、最近はいろいろと品薄の時期に出荷できるように人為的な処置がなされるらしいが、私のような素人園芸家にとって、それは手を入れすぎて秀才に仕立てられた子供みたいにおもしろくない。植物を育てるには、常に彼らが要求するだけの一定の日時がかかる。

いつか広大な地主で、竹林を持っている夫の同級生から、筍《たけのこ》掘りに来いという電話がかかって来た。掘り立ての筍は魂を売りたくなるほどおいしいから、夫はすぐ行くことに決めたらしいが、庭仕事に無知でしかも身勝手な夫は、同級生に充分に注意された。

「お前は時々締切りがあって忙しいから明日にしてくれ、なんて言うけど、筍は待ったなしだからな。総理大臣にだって代議士にだって、筍は先方の都合には合わせん。筍の都合が先だからな」

「わかった、わかった」

ほんとうに植物というものはそれだからすばらしいのである。権力者におもねるなどという発想はない。植物と付き合うと心がさわやかになるのは、そんな理由もあるだろう。

あせらず待っていれば、やがて解決する

何ごともむずかしい時には、態度を明確にせずやり過ごしていればいい。すると時と共に思いもかけない安楽な解決も見えて来る。

＊

避ける方法は簡単であった。小さなことなら考えないようにした。もう少し重いことならば、大して飲めもしない酒を飲んで、とにかくその夜は寝ることにした。返事を引き延ばし、結論を引き延ばす。

いずれにせよ、大一郎《だいいちろう》はいやなことは、後回しにして来たのである。それがいいやり方だと思っているのではない。しかし、その程度が、自分にとって、ふさわしいと思ったのは本当である。逃げていては事は解決しないというのも本当だし、逃げているうちに何とか事が解決しているというのも本当なのである。

＊

答えを出すのは、人間ではなく、常に時間である。

❖ 悲しみを風化させる時間の力

感情の風化ということは、まことにおもしろい現象だ。仲のよかった配偶者が死んだ後、癒されることはないと思うような悲しみでも、おそらく三年も経《た》つと少しその辛《つら》さが減って来ているように見えることである。

私は何人もの同級生がご主人を失っているのを、外側からなすすべもない思いで見守って来た。私は非常識だから、四十九日までは完全な喪に服すのが当然などという世間の良識に従わず、むしろ初七日が過ぎたら、遊びに引っ張り出す方がいいなどとも考えていた。

もちろん長い看護で疲れ果てて、それどころではない人もいる。しかし要するに、何でもいいから外圧で気が紛らわされて、時間が経てばいいのだ。するとある時ふと、同じ傷の痛みでもそれはあら傷ではなく、少し穏やかなものに変わっているのに気づいてくれるだろう。

誘うと外で食事をすることにも、買い物をすることにも興味を示してくれるようになっているかもしれない。物質が心の本質を救うかどうかは全く別なことなのだが、人間はいかなる悲しみの中でも、食べて生活していかなければならないのだから、食欲や所有欲が動きだして当然だ。

「許す」ということほど人生でむずかしいものはない

知人で、たった一人きりの大学生の息子を、自動車事故で失った人がいる。仲よしの四人組が夜中のドライヴに出て、三人が即死したのである。ドアからほうり出されて助かった人が一人いたので、事故の経緯は一応明らかになった。つまり、運転していたのは、この一人息子でもなければ、ドアからほうり出された人でもなかった。

青年の母が、事故の知らせで警察署に駆けつけた時、警察は、あまりにも損傷の激しい遺体にも、加害者の親にも、決してこの母を会わせようとしなかった。しかしこの人は女医さんで、信仰にも支えられていたので、歯型がなければ判別もつかないほど変わり果てた息子とも静かに対面した。そしてしばらく経ってから、彼女の方から望んで、運転していた青年の母に会ったことを語ってくれた。

彼女は、法的に言うと加害者の母が、もっとも辛い苦しみを耐えている、と感じていた。自分の息子を失った上、その人は他の二人の亡《な》くなった青年たちの両親にも深い負い目を感じなければならない。しかし彼女の許しで、加害者の母は、自分の心があまりにも大きなショックを受けた結果、氷結していたように思われる部分が融《と》けたようだ、という意味のことを語ったという。

許すということほど、人生でむずかしいものはない。それをできたこの母は、やはり亡くなった息子によって、完成されたのだろう。しかし、我々「普通の人」に許しを可能にするのは年月しかない。時間というものは、何という偉大なものかと思う。

老年になると、人間の弱さが痛いほどわかる

半世紀の間には、私の内面もかなり変わったと自分では思う。堕落か遅すぎる成熟かはわからない。しかし私は人を裁く気持ちが減った。悪も善も、怠惰も勤勉も、すべて

おもしろがれるようになった。運命に動かされる人間の弱さは痛いほど知った。うやむやにすること——多分それがお互いに許すことなのだろう——が、優しくて便利な方法であることも実感した。

「ヒモつきの金」は自分の時間を奪う

中年以後になって初めて我々は、人生のさまざまな姿のからくりを見破る知識を蓄え、それを判別する知力を得るのが普通である。だからほんとうの人生の価値判断というものは、中年以後にしか完成しない。

お金もそうである。少なくとも私は、自分のお金で遊んだり勉強した時が、一番楽しく手応えがあった。この事実の背後には、ある素朴な真実が隠されている。「ヒモつきの金」という言葉は実によくできているということだ。世間は決して無駄なことに金は払わない。だから、私に誰かが金を出すという時には、その分だけその人は自分の意図の許《もと》に私を働かせようとしているのである。だから人の金を使うと、私は自分の楽しみで、時間や目的や相手を選ぶことができない。私は完全に自分の時間を売り渡すことになるのである。

まだ若い時にはお金がなかったから、取材費は出版社が持ってくれても当然という気がしていた。しかし途中でどうにか自分の自由になるお金ができた時、私はいち早く取材費を自分で出すことにした。これは魂の自由のために絶対に必要なことであった。

定年後の準備をしない人は「能なし」である

定年以後まで、会社に自分の働く仕事を設定してもらおうなんて、逆にみじめな限りだろう。人生の最後に、せめて人間は自分自身の時間の使い方の主人になるのが自然だ。

私の知人は、定年後、いろいろなことをして遊んでいるが、時間を決めてどこかへ行かねばならない、ということだけはしないのだという。音楽会もごめん。パーティーもまあご遠慮しておこう。その代わりいつ行っても自由に遊べる、ということだけしている。

そう言われてみるといくらでもある。町をぶらつくこと。展覧会で絵を見ること。垣根の刈り込み。川の源流を探索すること。料理。習字。木彫。陶芸。いずれも今日しなくても明日できる。しかも極めると奥が深い。

長い年月時間に縛られて暮らしてきた生活に存分に「復讐《ふくしゅう》」して死ぬのはなかなか乙なものだ。しかもこの復讐は陰湿ではなく、笑いがあることがすばらしい。定年後も会社にしがみつくような策のないことは、その人の生涯にかけてはずかしいことだろう。

*

何でもいい。早くから、定年を迎える時の準備をすべきだ。それをしない人は、わかっていたことをやらない「能なし」である。

肩書のない年月にこそ人は自分の本領を発揮できる

あらゆる職種が、その仕事に適した年齢、限界の年齢というものを持っている。しかしその後の長い人生を「人間として」生きる。この部分が実は大切なのだ。余生などという言葉で済むものではない。

この、一人で人間をやり続ける他はない年月に、人はその人の本領が発揮できるのではないかとさえ思える。

確実に自由を手にできる「真の暇人」

人はあらゆる現実でないことを「暇な時に」考えておけることが自由を確保する方途なのである。
家が火事になったら、地震が来たら、
配偶者が浮気をしたら、サラ金から金を借りたら、
娘がヌード写真誌に出たら、「援助交際何が悪いのよ」と言ったら、
息子がホモだったら、スピード狂だったら、
突然眼が見えなくなったら、
惑星が地球にぶつかることを避けられなくなったら、

などということを考えておくべきだ、と言うと、そんなつまらないことを考えて何のいいことあるのよ、とも言われそうだ。しかし真の暇人というものは、こういう無駄なことを考える贅沢を確保していなければならない。

落ち目になった時に仲よくなる贅沢

ふと考えてみると、私は人生でいつも暇のある人を選んで付き合って来たような気がする。第一の理由は、忙しい人の時間をもらうのは悪いという遠慮からであった。絶頂期にある人から十分、二十分「ご引見」をたまわっても、何の深い話もできない。「総理の一日」はよく新聞に出ているけれど、執務室から十分もしないで出て来る人はざらにいる。あれは「人間が会う」というものではない。

もちろん例外はあるけれど、だから私は、世間的な言い方をすれば、その人が落ち目になった時に仲よくなることが多かった。まず年を取った時、定年退職した時、社会的に大切なポストを退いた後、軽い病気で入院中、中には刑務所に入った時、というのも

ある。（中略）

少し自分の時間ができた時、人は紅葉の真っ盛りを迎えたようにみごとになる。私はそういう時を見計らって、その方に「すり寄って」行ったのだが、全く「うまいとこ取り」をしたと言われても、仕方がないような気さえする。世の中には、大臣、県知事、社長、院長などという立場の人と親しいことが最大の喜びという人もいるが、私は人生にも四季を見ていて、一番贅沢な時期にお付き合いをさせてもらった幸運者なのである。

老年には「自分だけの時間」を生きることが許される

老年には、私だけの日々を生きることが許される。青春時代も壮年期も、私たちはいい意味でも悪い意味でも、固く家族や、時には職場に結ばれていた。しかし今や私は、私だけの時間を手にしている。下手な詩を書く時間、毎日夕陽を眺める時間、自分と孤独な友人のために簡単な夕食を用意する時間、そして「私はあなたが好きでした」と友に言いに行く時間さえある。

第二章

人は会った人間の数だけ賢くなる

長く生きる利点はさまざまな人に会えること

私は八十年間にさまざまな人に会った。長く生きた利点はまさにそのことにあった。多くの尊敬すべき人に会ったことは、私の貯金通帳の数字が増えるのと同じくらい、いやそんなこととは比べものにならないくらい、豊かさの実感を与えてくれるものであった。

私は今までの人生で会った人の六十パーセントくらいを心から好きになったと言える。私が人を好きになる理由の中には、相手に尊敬を覚えることが最大の要素になっている。頭がいいからということが理由になる時もあるが、ものごとを正視できるという冷静さを尊敬した場合も多い。しかしいささかの変わった癖の持ち主で、「おかしな人！」と笑うような個性のある人も、私は好きになった。

三十五パーセントは、私には縁のない性格に思われた。決して悪い人ではなかったが、その人たちは権威主義者か、思想か行動においてささやかな勇気の片鱗《へんりん》も持ち合わさない人たちだった。この二つの性格に、私は全く魅力を感じなかったのである。

そして残りの五パーセントくらいを、私は心ヒソカに嫌悪し侮蔑して、すぐに遠ざかった。他人に謝れ、という人は、この五パーセントに当たる。(中略)謝ることを強制されれば、反射的に反抗心を抱くか、謝れと命じた人に侮蔑を感じるのが普通だ。そんな簡単な人間の心理もわからない人と、私は限りある人生の時間で付き合う気にはなれなかったのである。

出会いは人生の財産

人はいたずらに年を取るわけがない。生きれば生きただけ人に会っている。これは一種の財産である。

人を通して、私は表現まで習った。一般的には、人は良識的で慎《つつ》ましく、誠実で高級な暮らしをしているように見せることを心掛ける。私ももちろん毎日の生活の向上を示すような上品な生き方も見習った。貧相に見えないスーツの袖丈とか、比較的脚のきれいに見えるスカートの長さなど、すべて友人が教えてくれた。袖丈は、軽く肘を曲げた状態で手首の骨が隠れる長さにする。脚が太く見えない基本的なスカート丈は、大きくて醜い膝の骨がちょうど隠れる寸法、というような知識である。

しかし私は同時に、反対の表現も人から習った。ばかに見せること、図々しく振る舞うこと、通俗的な面を強調すること、かなりずぼらだと思わせること、冷酷さを印象づけること、守銭奴的な言動を取ること、すべて友人から習ったのである。

これらの要素がない人はめったにいないから、それらを私の中で明確にすることは簡単で自然なことだったし、そうすることでいささかの悪評を取れば、私はいい人だと思われなくて自由になったのである。

人は会った人間の数だけ賢くなる

体験的に言って私がある人に興味を持ちだすのは、ほとんど中年以後だ。青春時代には、たいていの人が、どんな秀才でも、人間の持ち味が浅いのである。しかし中年になると、何となく複雑な味のある人になっていることはよくあるのだ。中年になってやっと人は「人間」になるのだろう。(中略)当然のことだが、若い時には何と言っても、まだ多くの人に会っていないのだ。そして人は、会った人間の数だけ賢くなる。

❖ 会う人も会える時間も「ありがたい」もの

私たちが生きている時間は本当に短い。会う人も、会える時間も、それは得がたいものだ。私たちはまずさわやかに挨拶し、お互いに礼節と人情を尽《つ》くして会っている時間を楽しくし、この世で会えたという偶然を心の奥底で深く感謝すべきだろう。

＊

人と会う時間というのは、光栄ある特別の時間なのである。それは私たちがだらだらと家事をしたり、テレビを見たり、昼寝をしたり、週刊誌を眺《なが》めたりするような、惰性で過ごすような時間とは全く違う。（中略）

人間が人間に出会える、ということを、普通人は当然のことだと思っているが、実は神に引き合わされたに等しい貴重な機会なのである。

心に染み入る会話は人生最高の贅沢

私は会話の好きな人間、つまりお喋《しゃべ》りであった。これは今でも変わらない。人と、心の底まで染み入るような会話ができるということが、人生で最高の贅沢だと思っている。

「たまには夫はいなくなった方がいい」

盲人や車椅子《くるまいす》のグループで、ある年、ヴェネツィアに行った時のことであった。私たちは巡礼者用とでも言うべき、ほどほどの宿に泊まる。ことにヴェネツィアは、町の再開発など全くあり得なかった町だから、ホテルも二、三十組を泊めればそれでいっぱいという小さなものもある。食堂のテーブルも二十個あるかどうか、というものだった。

私たちが食事に行くと、果たして席がなかった。私たち夫婦ともう一組のカップルは、タバコの煙も立ち込めた食堂の端っこで、席の空くのを待っていた。ボーイの一人はちょっとすれて小生意気な表情をした二十代で、東欧風の顔立ちをしていた。

彼は私に席は何人分要るのか、と聞くと、忙しそうにテーブルの間に消えた。その間に、よせばいいのに、夫は自分でもテーブルの間を歩き回って、どのテーブルがデザートかコーヒーを飲んでいるかを偵察に行ってしまった。そんなことをしなければいいのに、である。だからこのボーイが「お席にどうぞ！」と言いに来た時、私には夫の姿が見えなかった。

「さっきまでここにいたのに、夫がいなくなってしまったの」

と私は謝った。すると彼は心持ち唇を歪《ゆが》めるような皮肉な笑いを浮かべながら言った。

「たまには、夫はいなくなった方がいいんじゃないか」

これが人間の会話というものだ、と私は思った。この小生意気で女癖も悪そうな二十代の青年の周辺には、まさにヴェネツィアそのもののような人生の矛盾が、常に渦巻いていたのだろう。

一族の女たちは、離婚し、姦通《かんつう》し、密会し、身だしなみ悪く、口汚く罵《ののし》り、しかしどこか親切で涙もろかったのだろう。一族の男たちは、まず怠《なま》け根性の持ち主で、よその女に手を出し、インチキな商品を売り、詐欺《さぎ》に引っ掛かり、出奔《しゅっぽん》して家族を置き去りにし、殴ったり殴られたり、アル中になったり、刑務所に入ったりする人生を送ったに違いないのである。だから「たまには夫はいなくなった方がいい」という実感は、ごく自然に、彼の口を衝《つ》いて出たとしか思われない。

私はこの年頃の青年が、瞬時にこれだけの人生を語れる力に深く感動した。その一瞬、私たちは客でもなく、食堂のボーイでもなかった。私たちは生まれた場所と血を異にしてはいたが、つまり人間であった。だからお互いに、ごく限られた語彙《ごい》しか持たない英語でも、これだけの思いが通じ合えたのである。

❖ 買い物をする時に会話を楽しめるか

買い物一つでも、ただモノを買えばいいということではない。買いながら相手と会話をする。楽しい会話ができれば、買わなくても喜んでくれる人はたくさんいるのだ。

それほど会話というものが、人生で大きな意味を持つ。

喋っている間はなぜか人を殺せない

ずっと昔私の家にナイフを持った強盗が入って、何もせず、何も取らずに逃げたことがあったのだが、その人が数日後に延々と脅迫電話をかけて来た時も私はその会話を楽しんでいた。一回目の電話で「今回はしくじったけれど、次は必ずあんたをやる」と相手が言った時も、私は笑いだし「お互いにそれほどの者じゃないですよ。そんな芝居がかったことを言うのはやめにしましょうよ」と言った。

三回目くらいの電話から（こちらの電話には逆探がついていて、刑事さんが私の背後にいたのを知っていたのだろうか、彼は転々と公衆電話を替えて、三分で切ってはまたかけて来ていた）彼の態度は変わって来た。私が彼の逃げ足の速さを褒め、あの身のこなしなら、少なくとも立派なトビ職になって高給がとれるはずだ、と言ったからかもしれなかった。

彼は私と喋るのを楽しみ、私の家の防犯設備の悪い点を全部教え、改良方法まで指示してくれた。表と裏に一匹ずつ犬を飼え。それができないなら、大きな音の出る防犯べ

ルを設置すべきだというのが彼の意見だった。そしてもう決してあんたをやるようなことはしない、と彼は誓った。(中略)
その時、刑事さんの一人が言った。
「奥さん、脅迫されたり、危険な状態になったら、とにかく相手と喋った方がいいですよ。人間、喋っている間は、なぜか相手を殺さないもんだから」
その言葉が今でも私の記憶に残っている。

メールのやりとりでは人生は濃厚にならない

ケータイでメールのやりとりをすることが何か大変得がたいことのように言う人がこの頃増えた。それが友情の証《あかし》だとか、人間と触れ合う機会だとか言う。

私はケータイもメールも使わないが、だからといって、親しい友人がないのでもなく、寂しい思いなどしたこともない。むしろメールでべたべたお互いの動静を知り合うなどというのは、慎みに欠けることだと思う。メリハリのある生活というものは、どんな親しい友人との間にも、お互いに知らない部分、一人になる時間を残していることだ。だからこそ、出会って語り合う限りある時間が大切になり、それをフルに活用しようと思うようになる。

ケータイでメールのやりとりをしたり、パソコンでチャットしたりすることは、多分はっきり言うと時間潰しなのである。多くの人が言っているように、電話というものは、お互いに同じ場を共有していない。友人と同じ場所にいて、そこで事件に遭えば、友人と私はお互いに相手のために何をするかがはっきりする。逃げだすことも、庇《かば》うことも、相手を助けだすことも、夢中でするだろう。しかしケータイでメールし合っていても、決して同じ運命を共有していない。人生は少しも濃厚にはならないのである。

孤独があるからこそ出会いのありがたさがわかる

沈黙を守れれば、私たちは強くなる。そして断食の後にはご飯がおいしくなるように、沈黙に耐えたからこそ、私たちは会話の楽しさを知ったのである。

孤独があるからこそ、人との出会いが大切に思えてくる。そのからくりを、私たちはもう少し理解してもいいだろう。

差し障りのない会話で本当の友達はできない

私が怖いのは浅い付き合いであった。ちょっと知っているが、よくは知らない、という人である。何が相手を傷つけているのか、喜ばせることになるのか、手掛かりがつかめないので、なにげない話をして終わる。それがまた落ちつかない。会話というものは、決してこういうものではないと知っているからだ。

大体、可もなく不可もない会話で、友達などできるわけがないのである。私にとって、会話には、甘さもいるが辛さも必要だった。（中略）私は四十歳を過ぎてからたくさんの友達ができたが、その理由は、かなり危険な会話をすることで、お互いの立場を確かめられたからだと思っている。

自分をさらけ出せる老年は誰でも出会いに恵まれる

どうしたら人と、感動的な出会いができるかと言うと、それは差し出すものが多い場合である。差し出すものはお金やものではない。自分をさらけ出すことだ。そしてそのためには、僅《わず》かでもさらけ出せるほどの自分の内容、いささかの表現力、誠実と勇気もいるかもしれない。

年を取って、もはや恐れるべきものも段々と少なくなった時、人は誰でもこの姿勢が取れるようになる。若い時にはまだ世間をはばかり、常識にとらわれ、権威を恐れているから、自分をさらすことなどとてもできない。

人生には誠実がいる

人生には誠実がいる。ただ誠実というのは、自分はいいことをしている、嘘《うそ》をついてはいない、などという単純な自信に満ちることではない。誠実とは「もののあはれ」を知っていることだ。といっても、今の若い人にはわかるかどうかわからないが、別の言い方をすれば、共にこの世には哀しさがあると感じていることだ。この共感がある時、初めて「シンパシイ（同情、共感）」が生まれる。

「シンパシイ」はギリシャ語の「シュンパセイア」という言葉から来ているという。「パセイア」は「パトス（堕落した情欲）」から出ているが、「シュン」という言葉は、ギリシャ語の中でも私の好きな接頭語である。それは「共に」という意味である。相手と同じ立場に立って同じ感情を持つことが「シュンパセイア」なのである。

もし人間の心に高慢さや、高度の自信や、相手を見下した思いがあったら、決して「シュンパセイア」を持つことはできない。同じ思いを持てる時、多分人は相手を信頼して心を開く。

人間関係は深入りしすぎるか、冷淡かのどちらか

人々の中にいれば、本当に人に会っていることになるのだろうか。それがまやかしで

あることは、都会の人間は悪く言えば寂しく、よく言えば他人の干渉を受けることが少なく自由に暮らしているのを見てもわかる。その反面、人間の数の少ない地方、つまり田舎では、人間は他人により深く関わり合う。親切にもしてもらえると同時に、その社会から、ちょっとでもはみだしそうになると、たちどころに制裁を受ける。

私たちは、若い時代には、人間に出会うことに対して、かなり甘い期待を持つのである。それは、「適当な人間関係」というものがこの世にあり得そうに思うからである。孤独な時に話しに来てくれ、忙しい時には適当にほっておいてくれる、というようなそんな友達である。

しかし、そのような適度な人間関係などというものは、通常望み得ないものなのである。人間関係は、深入りしすぎるか、冷淡かの、どちらかになる。

最悪と最高の人付き合いとは

最悪の人間関係は、お互いに人の苦しみには関心がなくて、自分の関心にだけ人は注目すべきだと感じることである。反対に、最高の人間関係は、自分の苦しみや悲しみは、できるだけ静かに自分で耐え、何も言わない人の悲しみと苦労を無言のうちに深く察することができる人同士が付き合うことである。

人間関係は永遠の苦しみであり、最初にして最後の喜びである

人間関係は永遠の苦しみであり、最初にして最後の喜びである。どんなにうまく関係を作ろうとしても、私たちは必ず間違いを犯す。それは個体として私たちは別個であり、考え方も違うからである。だから失敗を恐れることもない。

もし人間関係に必要な配慮があるとすれば、それは相手に対する謙虚さと、徐々にものごとを変えていこうとする気の長さかもしれない。それと私が好きなのは優しさである。私は自分自身が優しくないので、優しさに会うと自分がはずかしくなる。

長いようでいて、八、九十年の一生は短い。私は死ぬ時、一生で楽しかったと思うのは、おそらく偉大なことではなく、ささやかなことに対してであろう。一晩中苦しんで

眠れなかった翌朝に朝露を見たこと、悲しかった時に夕陽に照らされたこと、自信を失いながら風に吹かれたこと、手を取ってもらったこと、ある人から一生に一度も裏切られなかったこと、笑って別れたこと、一言も言わなかったこと、浅ましいケンカをしたこと、疲れて眠ったこと、尊敬を覚えたこと、などであろう。自分の小説のことなどは出てこないだろうという気がする。私がいい作品を書いていないから、ということもあるだろうが、作品は所詮《しょせん》、人間ではないからである。

友情がなくなる時

人脈の基本は尊敬である。私と友人でなくなった人がいるとすれば、それは私の人格が相手を失望させ、私が相手に対する尊敬を失った時である。そして尊敬を持たない相手は人脈の中に入らない。

私が相手に捧《ささ》げられるほとんど唯一のご恩返しは、相手のことを喋らないことであった。一人の友人が離婚した。私はその事実を知っていたが、数年の間誰にも言わなかった。（中略）私には死と共に持って行こうと思う友人の秘密がいくつもある。私はその人と親しいと言わず、その人のことを語らないから、友情が続いて来たという実感がある。すべてこれらの経過には時間が要る。だから中年以後にしか人生は熟さないのである。

嫌われたら嫌われたで、いいこともある

私の友達の一人でものを書く人が、ある時「あなたも私も、右からも左からも嫌われてるのよ」というような言い方をした。私をいっしょにワルモノにしてくれているのが温かい友達甲斐《がい》というもので嬉しかったので、今でも覚えているのである。

嫌われていい、と居直るわけでもないし、理解されるように努めるのは、半分義務だと思うこともあるが、世の中にはどうにも仕方がないことだってよくある。人に嫌われるのもその一つである。人に嫌われたら、うなだれている他はない。（中略）

右からも左からも嫌われることは不徳の致すところでもあるけれど、もしかするとそれがほんとうの自由を確保することかもしれない。右からも左からも愛されると、愛さ

れる状態を続けるために、人は相手の評判を気にするようになる。右と左の双方から愛されるなんて至難の業である。

見捨てられない方がいいが、見捨てられたら、それにもいいことがある。嫌われない方がいいが、嫌われたらそれも風通しのいいことだ。おもしろいものである。

人は失敗談から多くを学ぶ

この女性は、どうして自分が深く傷ついた昔の話を、夫や子供にできないのだろう。それでは、結婚して家庭を持つ意味がない。夫や子供というものは、必ず体験者とは別の判断を下す。もし彼らが自分の体験の苦痛を理解してくれなかったら、その時は改めて、自分の人生は一人で重荷を背負っていくのだな、と覚悟を決める。そういう形で人間は何歳になっても成長するのである。

また、語っているうちに、「その話」は家庭内の笑い話として定着する場合も多い。人は成功談からも学ぶが、失敗談からも自分を見極め、人間を豊かにする。私が自分の同窓生や知人にそのまた知人を紹介されて、相手を「いい人（女）だなあ」と思う時は、「当時は深刻だった」昔話を、さらりとユーモラスに語れる人に会った場合である。

友人の一人は小学校の時、犬の絵を描いた。すると絵の指導をしていたフランス人の修道女に「おお、スバラシイ鳥の絵！」と絶賛された。この話は一族の間にただちに拡まり、○○のとこの娘は犬を描いたら鳥として褒められたそうだ、と喜ばれた。

しかし彼女にとっては屈辱だった。それ以来彼女は、「絵を描く趣味を閉ざされた」と恨んで見せているが、その話を聞く時、私たちも当人も顔がおかしさに弛《ゆる》んでいる。

生き甲斐の一つは尊敬すべき人に出会うこと

嫉妬は苦しいが、人を尊敬することは喜びだという実感を、はっきりと確認し得たのは、私の場合かなり後になってからである。「競って尊敬し合う」というのは、「尊敬することにおいて人に勝りなさい」「人を自分より勝っているものと思いなさい」ということであろう。実に生きる喜びの一つは、尊敬すべき人に出会うことである。

誰の生涯にも必ず恩人がいる

その人の存在によって、確実に自分が幸せになれた、という人が、誰の生涯にも必ずあるものだ。私にも実にたくさんの恩人がいる。そのうちの数十人は直接の知人だが、残りは私のようなファンがいることも全く知らない人である。昔は、恋にもそういう姿勢があっていい時代だった。相手にこちらが好きだったことなど、一生知らせずに終わるのも粋な生き方であった。

くだらないことを喋れなくなったら、老いぼれ

老夫婦がこたつで向かい合って食事を摂《と》る光景はよくあるものだ。二人がどれだけ年を取っているかを計るものは、外見や年齢ではない。二人がどれだけ会話をするかということでわかる。

八十歳、九十歳になると、ほとんどの老人が何も喋らない。会話という形で新しい驚

きや発見を語り合う種もないのと、社会生活がなくなっているから改めて打ち合わせをしておかねばならないようなこともなくなったからだ。

だから私は食卓では、できるだけ喋るようにしている。くだらないことならできるだけくだらなく、くだらなくても興味を持ち、くだらないと認識しつつ喋ることが大切だと感じている。それができなければ、老いぼれなのである。

喋らなければ会話で行き違いを生じることもないのだが、会話は人間であることの計測器だとしみじみ思う。うまく喋れない人、会話を大切に思わない人、怒りながら喋る人、自分が喋る相手の心をほとんど推測しようとしない人は、皆気の毒だ。

ひとりぼっちの時の話し相手

私は砂漠で初めて人間の会話の本質を発見したように思う。

会話とは、確認なのである。対立という形を取る時もあるかもしれないが、いずれにせよ、会話は人間が自分の思考を確認することなのだ。そして確認は往々にして、目に見えるものを語り合うことで成立する。話題は現実にせよ、心理にせよ、属目《しょくもく》に触発されるのだ。

人のいない山や川も、人間の住む町や村も、それを見た時、実に多くのことを思わせる。実際にそこに展開される景色に関係したこと、その年の気候、収穫、風俗、擦れ違う車や人、その景色から連想される人や事件。

「あれ、きれいじゃない」

「この間、誰それに会った」

「今日はいやだねえ、忙しくて」

「今度、○○へ行ってみようか」

この手のありきたりの会話は、すべて会話をする人々の眼に映る光景に触発されるものなのである。

しかし、砂漠ではこれらの刺激が何一つなくなる。タッシリ・ナジェールやアハガルでは、私たちは人にめったに出会わなかったが、まだしも、その奇怪な山々の姿を語るということがあった。しかしこのサハラの砂漠では何もない！

もし私が一人でこの土地を旅していたら、どうなるだろう。夜になると、私は一人で大地にうずくまり、星と砂だけの空間にとり残される。しかし人間である以上、私はいつも誰かと語りたいのだ。

その時、私は誰と語ったらいいだろう。

愛する者は常にその人の心の中にいるというが、しかし、現実にその人は、数百、数千キロのかなたにいる。生身の人間は、すぐそこにいて、その肌のぬくもりを感じ、手を取り合えることが条件なのだ。その違和感を超えて、本来その人のあるがままの姿で、ここでも語り合える人はいないのだろうか。

その時、人々は砂漠に神を感じるのであった。

神は遍在するから、数千キロの空間のへだたりを飛び越えて、すぐ傍《かたわ》らにいてくれるように感じられるのであった。ここでは実在感のある「人」は神しかなかった。神の声は澄み透っているので、砂漠の静寂を全く侵すことなく、しかも朗々と人々の心に響くのである。

悲しみの中でこそ、本当の出会いがある

人は悲しみの中で本当に出会うものだ、と私は思う。人間が神と出会うのも、多くの場合そういう時なのである。それは、悲しみの中でこそ、人は本来の人間の心に立ち帰るからなのである。

一夜の出会いのために用意されている長い年月がある

ただ、あの一夜の光景を私は見ました。人生には、たった一日、一夜の心の出会いのために用意されている長い年月があるのかもしれません。だから人間は手短《てみじか》に答えを出してはいけない。他人のことを知っていると思ってもいけない。ただこうした隠された物語の存在を知っているような気がするから、私の老後は満たされているとも思えます。町には全く、あちらにもこちらにも物語が転がっているんです。

❖ 終わりがあるからこそ人生は輝く

ほんとうはどんなに若くとも、もう生きて会える時間は数えるほどしかない。会ったところでどうなるというものでもないが、私は多くの人と会って楽しかったのである。人の向こうに一つ一つの人生が輝いている。人生を眺めさせてもらうことは、何よりも光栄だし、心をとろかすほどのすばらしさを味わえるのだ。

そして敢《あ》えて言えば、終わりがあるから人生は輝くのだ。

第三章 年を取るほど快楽は増える

年を取ると「人生の裏」がわかってくる

年を取ると「人生の裏」や「裏の裏」や「そのまた裏」など自由自在に考えて遊べる。自分がどんどん分裂して来るのだから、人も多分、そんな程度に外見と中身とは違うのだろうな、と思えるようになる。すると相手に対する楽しさも尊敬も増すということなのだろう。

年を取ることの悲惨さばかり言われるけれど、おもしろさも深くなることはあるのだ。

「よき人生」とは人間をどれだけ理解できたかによる

この頃、時々、私は、「よき人生」というものは、どれだけ、広汎に、濃厚に、人間を理解し得たか、ということで測るべきではないかと思うことが多い。金も地位も名誉も、悪いものではない。しかしかりに大きすぎるそれらを得たとすると、いつか、それらは必ず、重荷となって、その人間を縛りつける。その点、人間を理解し得る能力とその実績とは、どれほど深く大きくても、決して本質的にはその人の重荷になることはない。

世界中の美術を見尽くし、味わい尽くして死んだ人は、億万長者の富に当たる彼の美術上の体験を数字によって表すことはできなくても、恐ろしく豪華な生涯を味わったことに間違いないように、人間を見通す能力というものは、あらゆる経済的、政治的、学問的価値を生むための根本的な資質であると同時に、私のもっとも憧れ、尊敬する真の快楽主義者《エピキュリアン》としての資格もまた、充分に備えているわけである。

中年から好きな人が増える

私はいつも人並みな成長をして来た。中年になるほど、好きな人が増えた。若い時は許せなかった人でも、その人の一部が輝いているところが確実に見えるようになった。

若い時からこのような眼力が身についていれば、さぞかしすばらしい人間になったろうが、それは無理なことらしい。人は普通に成長するだけで文句は言えない。それは言葉を換えて言えば、どんな人でも中年になれば、人生と人の理解がずっと深まるということなのだ。

それは純粋に快楽が増えるということだ。私たちは映画館や劇場だけで人生を楽しむのではない。一番すばらしい劇場は、私たちが生きているこの場である。そこを通過するあらゆる人にドラマと魅力を見出《みいだ》せれば、こんな楽しいことはない。

人それぞれに偏った人生を認めざるを得なくなる

人間のおもしろさは、それぞれに偏った人生を承認せざるを得ないところにある。若い時には、のっぴきならない理由などというものが、この世にあるとは考えなかった。理想が現実を引きずって行けると信じていたし、それに該当しないものは、非合理なものとして排除すればいいなどと考えていた。

もちろん中年になっても、理想がないことはない。しかし燻《いぶ》し銀の色になる。もしできるなら――という条件がついた上で、「理想がかなえられれば」「幸運だなあ」ということになる。

年を取ると「いい加減」になる

人間は年を取ると次第に温厚になる、という。私は温厚には少しもならないが、いい加減になることは多少できるようになった。なぜいい加減になることができるかといえば、他人と自分の能力の限界というものが、ごく自然に見えてきたからである。

＊

年を取るに従って、人間がいい加減になると、自分をわからせ、相手をわかるなどということは、とうていでき得ることではない、ということが自然にのみ込めるようになってきた。

だからと言って、私は、自分の心を適当にしか言わず、相手のことも真剣に見ない、というのではない。私は、さまざまのことを適当にさぼって暮らしているが、人間理解についてだけは、たとえその機能がどんなによくなかろうと、全力を挙げてしていかなければならない、とは思っているのである。

❖理解して、許せない、ということはない

人間と人生に対する鋭い分析力さえあれば、どのような危険な存在からも安全に、その本質をつかみさえすれば、寛大さというものはそれから自然ににじみ出て来る。なぜなら理解して、そして許せない、などということはこの世の中でごく稀《まれ》にしかないからだ。

❖浅ましさ、狡さ、でたらめも楽しむ

ここ数年の私は、新聞を読むことがますますおもしろくなった。政治面、ことに総裁選挙の話などはほとんど読まないし、スポーツ欄も飛ばし読み、経済面は理解しているとも言えないのだが、それでも為替《かわせ》相場も株価の動静も知っている。若い時には新聞がこんなに興味深いものとは思わなかった。

新聞だけではない。人の話を聞くことも、町の姿を眺めることも、これほどの感動を

覚えることではなかった。

比較の問題だが、凡庸《ぼんよう》で勉強嫌いの娘時代と比べれば、私は少し世の中が読めるようになってきたのだ。いや、同時に読めない部分、失敗した部分も見えてきて、それがおかしくて笑うこともできるようになった。

新聞を取らない人がいるなんて、私には考えられない。同時に本を読まない世代は、何と損をしているのだろうと思う。新聞と本は「いいお酒とおいしい肴《さかな》」みたいなものだ。あるいは「おいしいお菓子といいコーヒー」のような関係で、私の生活の中にある。

(中略)

贅沢というと、おいしくていいものばかりと思われそうだが、およそ世間に存在するすべてのものはおもしろい。浅ましさ、狡《ずる》さ、でたらめ、それらのものすべてが、人間の属性だから、やはり楽しいのである。

おそらく生きている限り、——ぼけなければ——私のこのささやかな楽しさは終生取り上げられることはないだろう。

人間は本来アンバランスである

人間は途方もなく多様である。偉大な芸術家が性格破綻者であったり、立派な教育者が性的に尋常でなかったりするケースはいくらでもある。

人間は本来、多かれ少なかれ、そのようにアンバランスなものなのである。その多様性を見抜く者だけが、人間の弱点に不当に失望することなく、小さな弱点によってその人の美点を見ないということもなく、鮮やかに人間を分析して、その複雑な才能が、信じがたいような微妙な形で他者に関わり合って世の中を動かしている妙味を味わうことができる。

どんな人にも輝いている部分はある

全面的によき人間も、全面的に悪い人間も、この世にはまずいないと見てよい。人間は誰もが、部分的によく、部分的に悪いだけである。「人のふり見て、我がふりなおせ」などという古い言い方は、この頃はやらなくなったが、誰もが、他人の欠点の中に、自分と同じ要素を見出し得るのである。と同時に、「極悪非道」と言われる人の中にも、どこかに小さく微《かす》かに輝いている部分は必ずあるのである。

ところが、これを認められない人はいくらでもいる。

限られた一回限りの自分の生の中から、どこまで他人の生活・他者の心を類推し得るかが、どれだけ複雑により多くの人生を味わい得るか、ということになる。ところが一部の人に言わせれば、この頃の功利的な母親たちは、人生を味わうなんてことはどうでもいい、それによってどういうトクがあるか、だけが問題なのだという。そういう人々に対して、私は、他人の立場をわかることが出世・商売のコツだし、他人と裁判沙汰になっても勝てますよ、というふうに言わなければいけないのかもしれない。

女も男も外見に惑わされない

醜いこと、みじめなこと、にも手応えのある人生を見出せるのが中年だ。女も男も、その人を評価するとすれば、外見ではなく、どこかで輝いている魂、あるいは存在感そのものだということを、無理なく認められるのが中年だ。魂というものは、例外を除いて、中年になって初めて成熟する面がある。

人は何のために結婚するのか

人間が何のために結婚するのかという問題に関しては「性欲」とか「繁殖」とかその手の第一義的なものに始まっていくつもの理由があると思うのだが、私などはその中で「人間を知ること」をかなり大きな理由として挙げねばならないように感じている。

人間を知るなどということは、本当はどんな関係においても、いつでもできると思う。学校でも、職場でも、友達付き合いでも……。しかし理論と実際はなかなか噛《か》み合わない。職場の上司や下の人に向かって、彼の心理状態を根ほり葉ほり訊《き》くわけにもいかないし、彼の月給の使い道を明らかにして見せてくださいとも言えない。人間の日常的な行動の背後には、なみなみならぬおもしろい心理の裏づけがあるのだが、それを知るためには、異性の場合には、家族か、準家族にでもなる他はないのである。

そしてこの、相手を知る、知りたいという操作の背後には、実は自分を知る、知りたいという隠された情熱があることも認識しなければならない。長い年月、牢獄にいる人が、自分一人を見つめ続けて、ある種の悟りを開くということもあろう。しかしごく平凡なケースとしては、私たちは、他人と自分の個性がぶつかった時に、とりわけよく自分がわかるのである。

夫婦が後天的な肉親になるのは奇蹟である

夫婦が、一生の間、「新鮮な感覚を持ち続けた雄と雌」でいることもすばらしいが、それだけが夫婦の形とも私は思わない。一生かかって雄と雌にしかなれなかったなんて、お気の毒という感じもしないではない。

夫婦が、血の繫《つな》がらない「後天的な肉親」になるということは、一種の奇蹟である、と私は思っている。肉親というものは、離れて行くことを寂しく思いつつ、しかし、それを最終的には承認せざるを得ない関係である。もちろんその途中に恨みの感情もあったろうし、破壊的な気持ちにもなったであろう。しかしその理性の基調になっているのは「その人が幸せなら」ということだ。（中略）

人間の生涯をいかに造って行って死にいたるか、ということは、その人の哲学と美学の反映である。もちろん誰も理想的な生活をすることなどできはしない。しかし現実と妥協しながら、一人の人間を生かすも殺すも、自分の選択にかかっているのだと思う時、夫婦のあり方ももう少し謙虚に、しかもかけがえのないものになるであろう。

子供は喜びも憎しみも深めてくれる

子供がいる、ということは寂しいことだ、と思っている人はかなりいる。それに比べて、最初から子供のいない人は別に寂しくはない。

ただ、子供とは不思議なもので、よくも悪くも、人生を濃密にする。喜びも憎しみも深くする。それが子供という存在の贈り物だ。

❖時に「愚かだなあ」と思いつつ愚かな判断をしてもいい

私の昔の知人で、一人娘を持つ人がいた。夫を亡くした後、彼女はこの娘と二人で暮らして来た。いずれ養子を迎え、いっしょの家に住み、孫たちに囲まれて賑やかに暮らすのが、彼女の夢であった。（中略）

娘は、銀行員と結婚し、海外赴任も間近に迫っていた。母も、娘がいい夫を見つけて孫も生まれた今、彼らの結婚に文句を言う立場にないことは知っていたが、つい一人残される寂しさを愚痴ったのであろう。一人でどういう暮らしをしたらいいかわからない、とか、自分も彼らの任地で暮らそうかしら、というようなことを言ったらしい。すると娘は、今まで胸のうちに溜《た》まっていたような思いを一挙に吐きだしたのであった。

娘は母に、「自分一人で暮らしなさい」という形で、「最後通牒《つうちょう》」を突きつけたのである。転勤を機に自分たちは、母親とは、別に暮らすつもりだ。人間は、自分で自分の生きる道を探すべきだ。この場合の「人間」というのは、明らかに母親を指していた。もう母親だからという理由で、自分たちの幸福な家庭に闖入《ちんにゅう》する権利があると思うのはや

めてもらいたい。それが娘の言い分であった。（中略）

自分は今まで誰の死も願ったことはない。皆が生きて、楽しく生きることだけを望んで来た。しかし今のように自分が拒否されて生きる状態が続くなら、娘が死んでしまっている方がどれだけ楽かわからない。

そのすぐ後で、この人は、その心を実に醜いものだと感じた。娘の死を願うような自分は、もはや人として生きる価値もない。しかし自殺は、キリスト教の教えに反するので、どうか自然に、一刻も早く、自分をお引き取りください、と神に祈ることにした。

それが、今自分にできる、一番穏やかな心の置き方だ、と彼女は私に言った。

それでいいんじゃないですか、と私は答えた。早く死なせてください、でも何でも、人は神に素直に自分の望みを言う自由がある。しかし望み自体が正しいとは限らない。時々神は諭すような静かさで、人間の希望の歪みを正してくださることがある。だから、その時が来たら、頑なな心にだけはならないように。「あら、そうでしたか。じゃ、そういたします」と笑って言えるような心だけは残してください、と私は言った。

年を取るほど、私は人間の自然さが好きになった。いいことではないが、腹を立てる時は立てたらいいのである。愚かしい判断をしそうになったら「愚かだなあ」と自分を思いながら、愚かしい判断に運命を委ねたらいいのである。その愚かしい経過がないと、人間は身についた賢さを持てないような気もする。

人間はいくらでも間違えるものである

人間がどれだけでも、間違えるものだということを知ることができたら、それだけでも、年の取り甲斐があるというものです。

人生、理屈通りにはいかない

ありがたいことに、かなり単純なものの考え方をする人でも、中年以後はさすがに単純反応では生きていられないことがわかる。人生、理論通りではないのだ。一足す一は二ではない。時には四にも五にもなるが、努力したのに一のまんまということだっていくらでもある、とわかって来るのである。

若い時は自分の思い通りになることに快感がある。しかし中年以後は、自分程度の見方、予測、希望、などが、裏切られることもある、と納得し、その成り行きに一種の快感を持つこともできるようになるのである。つまり地球は、自分の小賢《こざか》しい知恵では処理できないほど大きな存在だった、と思えるようになる。そう思えれば、まずく行っても自殺するほどに自分を追いつめることもないだろう。反対にうまく行っても多分、自分の功績ではなくて運がよかったからだ、と気楽に考えられるのである。

迷いに迷っても答えが出ないことがある

これでよかったのだ。竜起《りゆうき》は深く自然にしっかりと目を閉じた。答えが出すぎてはいけない。報いられなくてもいいのだ。生涯は曖昧《あいまい》であるべきだ。賢《かしこ》すぎる人には別としても、凡庸な人生は、わかりすぎてはいけないのだ。わかりすぎるということは、何よりふくよかでないし、美しくもない。

人間は迷いに迷って、ついには答えが出るものという常識が世間にあるが、実は迷っても迷っても答えの出ぬ場合さえ多い。

＊

わからないことは考えなくていい

わからないことは考えなくていいのである。そう思いついた時、それは中年のどの時期からそうなったのか、私には覚えがないが、これが私の救いであった。

すぐ怒るのは老成していない証拠

心身共に未熟な時、人はすぐ怒る。この頃は、分別盛りの中年にも、世故《せこ》に長《た》けたはずの老年にも、すぐ怒る人が増えたような気がする。それは自分の立場・見方だけに絶大な信用を置く幼児性が残っているからだ。

人は誰も、自分の偏った好みで生きる他はない。しかし老成した人は、誰にも人はそれぞれの美学や好みがあることを、骨身に染みてわかるようになっている。（中略）いろいろな考えの人がいることを改めて知る時、私たちはただにこりと笑う。にやりとする人もいるだろう。しかし怒りはしない。

❖誤解されても貶されても、むきにならない

余生というものを少しでもわかる年になって、初めて自分の眼もしっかりと落ち着いてあたりを見回せるのである。もしその人が、実際の視力ではなく、洞察力においていい視力を持っているなら、四十、五十くらいになるまでに、人生の天国も地獄も一応は「取り揃《そろ》えて」見た、という実感を持っているはずだ。

幼時に既《すで》に地獄を見たと思った人もいるだろうが、地獄も天国も長く続くものではない。するとまた、違う地獄と違う天国が見えてくることになる。だから退屈することも

なければ、結論が出ることもない。

余生の感覚ができると、あまりむきにならない。人間努力しても、思う通りにはならないことも知るようになっている。少しさぼっていても思いがけず幸運が転がり込む狡《ずる》さを知るようになる。人があなたの才能です、あなたの功績です、と言ってくれても、内実はずいぶんいい加減な運でそうなったこともあるのだ。それらをすべて自覚している。

そう思えると、人に誤解されても、褒められても、貶《けな》されても、あまりむきにならない。もともと、人に正確に理解されることなど、あり得ないのだ、としみじみ思えるような年にもなっているのである。

不透明なおもしろさを知る

若い時には希望通りにならなかったら人生は失敗だという明快すぎる論理が適用される。しかし中年以後は人生がどうなってもよくない面があり、どうなってもそれなりにいい面がある、という不透明なおもしろさがわかるようになる。

体が衰えて初めてわかることがある

体力の衰えを嘆《なげ》く人は多いし、それも当然なのだが、私は体力が充満している時には考えられない人生の見方というものも確かにあって、それがいい人を作るような気がする。（中略）

年を取って体の衰えを感じる頃から、勤勉とか、向上心とかに対する一種の「おかしさ」も「愚かしさ」も（そしてもちろん「けなげさ」も改めて）わかって来るのである。勤勉であること、向上心を持つことが、悪いことだというのではない。しかしこうした複雑な心理を理解するのは、人間の限度を見極められるようになる中年以後に、挫折《ざせつ》と死に向かう自分の姿を知った時からなのである。それより前の人間は、どこか若さを頼んで思い上がっているから、長い視点も持ち得ないし、自分のいる位置もわからない。人間の心の重層性もとうてい読めないし、心の揺れ動く陰影も見つけられない。

*

心を揺り動かされる瞬間というのは楽しい。この心の揺れ動きが多ければ多かったほど、人生は味わいが濃くなる。すると死ぬ時、「ありがとうございました」と言えそうな気がするのである。

幸不幸は均される

この世とは、何と残酷なところだろう、と私は改めて思う。大きな喜びには必ず水を差すものがあるのだ。喜びというものは、共に味わう人がいてこそ喜びなのだが、その人がいない場合に限って、人は栄誉を受ける。(中略)

ある時、私と不気味なほど同じような考え方をする女性に出会ったことがある。

その人は、ある政治家の名前を上げて、

「あの方は、将来総理になられるかもね」

と言ったのである。政治家の世界などほとんど一人として詳しく知らない私は、びっくりした。総理になる器量というものは、どうしたら判断できるのだろう。

「なぜ、そうお思いになるんですか？」

と私は尋ねた。私は遊びとしてなら、予言や占いの類も好きなのである。するとその人は答えた。

「あのご夫婦には、いろいろと人に言えない辛い面があるのよ」

私はそれ以上聞かなかった。私は人の噂話をすることが嫌いだった。噂話というものは、すべて不正確で信じてはいけないものだから、聞いても仕方がないのである。

ただその人のものの考え方だけは私とよく似ていておもしろかった。総理になってもその夫婦は別に幸せではないから、多分その人は総理になるだろう、というのである。

老年になると、こんなふうに、幸不幸まで均《なら》して考えることができるようになってしまうのだ。しかし目先だけでない視野が開けたとも言えるのである。

第四章 不運と不幸は後になって輝く

運を認められるのが晩年の眼

努力が無意味というのでもない。しかし努力だけで人生が開けるとも思わない。好きだと思った女と結婚することでいい人生を送る人もいるし、それが不運の原因になる人もいる。反対に本当に好きだった人には失恋し、大した情熱もなく結婚した相手が、大きな幸運をもたらしてくれることもある。

そうした意外性を含めて、運があるから（あるいはないから）従う他仕方がないだろう、と感じることが、老年の、あるいは末期の眼の透明さというものなのだ。

不平等を受け入れなければ成熟できない

「その晩、僕、考えました。

他人には何でもなく与えられているのに、自分にはなぜか与えられていない、っていうことやものが、この世にはれっきとしてあるでしょう。その不法だか、矛盾だか、不平等だかを承認できた人だけが、ほんとうに成熟した生涯を送ることができるんだろうということです。でもそういう大人の自然さが、僕の周囲ではあまり感じられたことがないんです」

斎木は秘密を話すような低い声になった。

現実はいつも人間の予想を裏切る

幸福に関しても不幸に関しても、人生はおよそ期待する通り、あるいは想像する通りにはならない。常に現実は予想を裏切り、人間の期待を嘲笑《あざわら》う。私はそれを何度も体験した。そしてその度に辛く感じたが、今ではその感覚が好きになった。

未来に対する自分の予測など、当たった例《ためし》がない、と思う時、私は多分、少しは思い上がらずにいられるからである。それはどんなに社会の構造が変化しても変わらない人間性の限界を示すものとして、未来永劫《えいごう》なくならない運命なのだろう、と思う。

不当な圧力がある時こそ自分を強くするいい機会

不幸はどの不幸が一番辛いかという比較はできない。

私の場合、十三歳の頃、東京の大空襲に遭い、独特な爆弾の落下音が聞こえたら数秒後には死ぬのだ、と覚悟して夜を明かした。五十歳の直前には、もしかすると読み書きが不可能になるほど視力がなくなるかもしれない病気を体験した。

個人の不幸は、社会の動乱より軽いような気もするが、その反対に社会がどうあろうと、個人の幸不幸こそ絶対の実感だと言うこともできる。

しかし——過ぎたことだから賢《さか》しらに言うわけではないのだが——総じて不運と不幸は後になって個人の財産になることが多い。それをきっかけに奮発して新製品を発明して、会社の発展に繋げた財界人はよくいる。

順調な発展の経過ももちろん必要だが、外部から、不当と思われる圧力をかけられる時こそ、自分を強靭《きょうじん》にするいい機会で、暗く長いトンネルのような暮らしの中でこそ、自分の隠れた能力を発見することはよくある。むしろ戦後の日本には、このような試練の時がなさすぎたので、日本人は持ち前の才能の割には愚かでひ弱な人になっていたのかもしれない。

運が悪い日は必ずある

人々はまだ運と共に生きている。運が悪い日は必ずあるのだ。その日はすべてを諦《あきら》めて、苦痛に耐え、膝を抱いて座っている他はない。家畜のように寝ころんでもいい。

そして一日ができるだけ早く過ぎるように祈る。

運命を受け入れれば、勝者も敗者も得るものは同じくらい大きい

「ただ、私、悪魔みたいに襲って来た運命でも、仕方がないことがあるな、と思えるようになったんです。

恋って雷に打たれるようなものだ、って言いますけど、今度のことは、私たち三人が、

雷に打たれて感電死しかけたようなもんでしょう。雷に打たれるっていうのは、ほんとに運の悪いことですけど、この世でないことじゃありませんものね」

「多分、あなたは、一度死んだ気になったからなのよ。死んだと思えば、どんな生き方しても、平気になるわね」

＊

人間は常に勝利者になることはできない。しかし勝利者になるのも敗者になるのも、人間の心が慎ましくその運命を受け入れれば、得るものは同じくらい大きく豊かなはずだと思う。

捨てる神あれば拾う神あり

今までの人生で、不思議だったのは奇妙に「捨てる神あれば、拾う神あり」だったことだった。

人は運命が変わることによって、必ず失うものがあり同時に何かを得るのである。その時、失うものを数えずに、得たものの中に喜びを見出すことができる人が、人生の「芸術家」である。

「輝くような貧乏を体験しています」

ある時、私の知人の、小さな会社組織の店が不渡り手形を出して潰れてしまった。一家は住んでいた家も手放して、小さなアパートに移り住んだ。私立に上げていた子供も公立へ転校させた。親としては、子供を不幸にした、と一時は思い込んだのであった。

しかし、それまで、母親に甘えることしか知らなかった子供たちが、急に緊張して、黙って勉強もすれば、できるだけの手伝いまでするようになったのである。「輝くような貧乏を体験しています」とその母は書いて来た。私はその一言で、彼らの生活の新たなそして真実な希望を読み取ることができた。

＊

見た目の幸不幸にだまされない

一定の年になると、もはや、外見的な人生の幸不幸に関しては、だまされなくなる。内面の不幸は個人の問題だから、それはどのような人にも起き得るし、原因は境遇のせいだけではない。しかし人生は、豊かでも辛く、貧しくても辛いことを知るのだ。

不幸に思えるものが、その人を幸福にする

茜《あかね》はこの世界で働くようになってから、しばしば人間の不幸とか不運とか思われているものがその人を幸福にする現実を見てきた。だから、不幸な目に遭った人をほっておけばいいというのではない。しかし、肉体に欠陥があるような人が、しばしば本当の愛を受ける資格を持っているのである。

お金も地位もあり、健康でもある、という人々の結婚はどこか不純な匂いがすることがある。しかし、貧しい人々や体の悪い人と共に暮らそうとすることは、純粋な愛の行

為以外にはあり得ないから、むしろ、愛される資格はそれらの人々の方が得ているのである。そのことを世間の人はなぜ気がつかないのかと思う。

重い宿命を引き受けた子供

私たちの巡礼グループの指導司祭はベルギー人の神父で、数人の障害者と日本のある地方都市で生活を共にしておられる。

その中の一組の夫婦には一年八カ月の子供がいる。神父は「赤ちゃん」という言葉を使うが、その一年八カ月の「赤ちゃん」は、おむつが汚れると、動けないお母さんに代わって、自分でおむつを持って来る。そしてお母さんに渡すと、ころんと自分で寝て、おむつを替えてもらう。お父さんは体の関節が固くて曲がらない。するとこの一年八カ月の「赤ちゃん」が溲瓶《しびん》を持って来てお父さんに渡す。そしてお父さんが用を済ますと、持って行ってトイレに捨てる。

「皆、信じないですよ」

と神父は言う。神父は言葉少なだが、その内容は強烈である。一年八カ月の「赤ちゃん」が、実はそれだけの能力を持っている。とすれば、我々健常者の親たちは、自分たちが健康であるがゆえに逆に子供の能力を開発してやっていないことになる。

そして、そのような生まれながらに宿命的な重い任務を持つ子を、社会は何と言おうと、神は深く心に留められる、ということも示されている。

境遇がどうあろうとも我が道を行けるのが人生の醍醐味

私は昔からもう何度も、人生は「為《な》せば成る」ではないと書いている。今でもスポーツマンが得々として言うこの言葉は間違いなのだ、と誰かが言わねばならない。為そうとしても成らないことがあると判断するのが人間の叡知《えいち》であり、謙虚さだ。しかしどんな障害を持っていようと、すべての道が閉ざされているわけではない。そこが人生の醍《だい》醐味《ごみ》だ。

眼が見えなくても立派な芸術家であったことを証明した人はいくらでもいる。私の若い頃には宮城道雄さんという箏曲《そうきょく》の名人がいた。今はピアノの世界で、辻井伸行さんの名を知らない人はいない。

運命をどう使いこなすか

その夜、宴も酣《たけなわ》の頃、たまたまレンズの話から、私は幼い時から自分が近視だったために内向的な性格になった話をした。それから、まことに他意もなく、私は、夜になってもサングラスをはずさない久志木社長に、眼の性が特に悪いのかと尋ねた。

「いや、そんなことはないのですが、私は小さい時、右側の眼を事故で潰しまして、義眼なものですから」

久志木氏は何気なく答えた。

「それは、心ないことを伺いました」

「いや、そのために、私は却《かえ》って、レンズに興味を持ったんですな。残された方の眼が、これまた、弱視に近いほどの視力のない眼でしたから。あなたは眼がお悪かったから、空想にふけって小説を書かれた。私は何とか見えるようになりたいと願うことから、レンズ屋になった。どちらも同じことでしょう」

＊

思えば一人の人の人生の設計というものは、不思議なものだ。私は最近の若者のように、すべてを国家や社会や他人のせいにするのが嫌いで、何でも自己責任です、などと言うのだが、実は運命は個人が決定するだけではない面があるのを知っている。

もちろん、自己の運命の第一責任者は自分だ。ただし周辺もそのために動いている。よいことも悪いことも、望ましいことも望ましくないことも、健康も病気も、悲しみも喜びも、なぜか平等にそのために動員される。要はそれらの要素を、当人が使いこなせるかどうかかだけだ。

不幸を無駄にしない

避けて通りたい現実だが、困難や災難や、時には病気が、人間の心を育てるのを、私も幼い時から見て大きくなった。当然のことながら、戦争も、貧困も、病気も、人間の対立も、決してなくならないだろう。しかし人間は、涙の中から覚《さと》り、知ることがある。だから私たちは避けて通れない不幸があった時、それを無駄にしない人間になることだ。（中略）
限りある生命と時間だからこそ、人間は賢くなり、生きるべき道を発見する。不運と不幸がいいわけではないが、それを生かす人間になる他はない。

運命に流されつつ、自分の好みを少し通す

生来気短《きみじか》な私も、年齢のせいで、次第に流されて生きることができるようになってきていた。

希望しないのではない。しかし運命を逆転させようと思っても、とうていだめな時期がある。流されて生きることも辛くはないが、その間に周囲を眺める余裕を持てた

ら、それもいいと思うようになったのである。

＊

無理に一言で私の趣味を言えば、「大体において運命に流され、ただほんの少しだけ、常に流れに棹《さお》さして、自分の好みを通す」くらいの生き方がいい。

◈「諦めること」は人生に役立つ行為

私が見ていて痛ましく思うのは、ことに挫折を知らない人の臨終である。（中略）私はすぐ「仕方がない」と自分の失敗を許し、「人生はまあこんなものだろう。私のいる状況は、もちろん最高のものではないにしても、最悪でもないのだから、大した幸運だ」と甘く考えるのである。そして、後は諦める。諦めるという行為を、私は人生で有効なものとして深く買っているのである。

ところが人生の優等生、自分が負けることを許さなかった人は、私のような負け犬的態度を決して自分に許して来なかった。まさに「為せば成る」というあの精神である。それまでの人生をずっと努力し続けて、大方その努力が報いられるという幸運もあった人である。

ところが、人には最後に必ず負け戦《いくさ》、不当な結果を自分に与える戦いが待っている。それが死というものだ。負け戦は一回でいいという考え方もあるが、たった一回の戦いでもうまく処理するには、いささかの心の準備は要る、と私は思うのである。

悲しみでさえ薄いより濃い方がいい

相場《あいば》の妻の死はそれから三カ月後だった。三カ月といえば長いようだが、たった百日にも満たない日々である。

その間、相場はどれほどの献身を妻に捧げたのだろう。相場の妻が入院していたのは、次の間つきの特別室で、相場はずっと夜もそこに泊まり込んでいたという。会社の帰りに必ずバラの花を買い、夜は妻が眠るまで体をさすり、いっしょに好きなモーツァルトを聴き、星が澄んで見える夜は車椅子で妻を病院の屋上に連れだしていたらしい、と安藤が電話で教えてくれた。

そうすればするほど、悲しみが濃くなることを相場は知らないではなかったろうに、と脇村は思ったが、悲しみでさえ薄いよりは濃い方がいいのだ、と心に囁《ささや》くものはあった。

不幸は幸福への必須条件

幸福を感じるのは、不幸を感じるのと同じくらい感性の問題だ。そして私の体験では、深く幸福を感じる人はまた、強く悲しみも感じる。一見反対に見えるその感情の滋味《じみ》は、どこかで繋がっているようである。

印象派の絵描きが、暗い陰影なしに光を描くことはできないのと同じに、幸福もまた不幸の認識なしには到達し得ないものである。幸福に、金銭的裕福、健康、家庭の安泰、出世、人間関係のよさ、などからだけ到達しようと思ったら、おそらく失敗に終わる。

不幸や挫折が、幸福への必須条件だということを納得した上で、人はそれぞれに幸福を手に入れる道を探す旅に出ればいい。道は何本もついている。その人専用の小道さえある。だからこそ道探しは、誰にでも必ずできるのである。

世の中は勧善懲悪ではない

世の中にはさまざまな生き方があるもので、福井杏子《きょうこ》は少しも我慢をせずに、その分だけあちこちの他人に迷惑をかけて、困難な時期を切り抜けて来たのである。その結果、杏子は何かを失ったろうか。少なくとも表向きには、彼女は何も損をしていないように見えた。戦争中体を壊していた夫の福井氏も、間もなく活躍を始め、娘の淳子《じゅんこ》はアメリカへ留学したという噂を、華子《はなこ》は人づてに聞いた。

《これからは修身の教科書も、よっぽど複雑に作る必要があるわ。悪いことをした人が、必ずしも罰を受けるとは限らないのねえ》

《神様はそんな狭量なお方じゃないさ》

夫婦はそんな皮肉な会話を交《かわ》したものであった。

必ずしも善人が幸運をつかむわけではない

その人が幸運をつかんだからと言って、必ずしもその人が善人だとか、正しい人だとかいうことはない。因果関係は少しはあるかもしれないが、完全に作動してはいない。反対にその人が悪運に見舞われたからと言っても、その人が罰を受けているわけではないのだ。

勝負に勝っても負けても、それはその人の生き方の正しさや不正の結果ではない。関係は皆無ではないかもしれないが、運命はそれよりもっと深く見えざる手で導かれている。

現世で正確に因果応報があったら、それは自動販売機と同じである。いいことをした分だけいい結果を受けるのだったら、商行為と同じことだ。それを狙っていいことをする人だらけになる。人がいいことをするのは報いがなくてもするという純粋性のためである。

ただ時々、ある人が安らかで明るい死を迎えたというような羨《うらや》ましい話を聞くと、ふと、あの方はいつも人のために尽くしていたから最期も安らかだったのかしら、と安直に因果応報を認めそうになる。

「貧乏くじ」を引ける人には恩寵がある

私はこの頃、中年になったら、個人的な生活でも、勤め先でも、一見損な役回りを買って出られる人ほど、魅力があるように思うようになった。皆がそれを利用してできないほどの仕事を押しつける、というような結果になってはいけないのだが、親でも、結婚しない兄弟でもいいのだが、その老後を引き受け、財産の相続にはそれほど執着しない、というような人がいたら、それは、実際にその人の実力――優しさや、運命をおおらかに受け入れる気力――を表している場合が多いから、深い尊敬を覚えるのである。

身内の人々には文句なしに尽くした方が、その人は後で気分がいいのだろうと思う。

親に何も尽くさなかった人は、見ていてもぎすぎすした生活を送っているように見えることが多い。

親と最後までできる限り付き合って来た人には、その点、運命の自然な恩寵《おんちょう》を感じることがある。やるべきことをやった人、というのは、後半生がさわやかなのである。

得るだけの人生では運が悪くなる

人間の暮らしは「出ると入れる」で成り立っている。呼吸も食物の摂取もそうだ。呼吸はよく吐かねば充分に吸えない。食べるだけ食べても、排泄《はいせつ》が充分にできていなければ、必ず次の重大な支障に繋がる。

おそらくお金はもちろん、品物でも、幸運でも、愛情でも、この収支の関係がうまくいっていないと、必ず後で精神的病気になるように私は思うようになった。自分に要るだけの物は充分にいただくのだが、要らない分は人に分ける。自分が幸運だと思ったら、その運を少し分けるような機会を見つける。愛を受けたら、他の人にそのお返しをする。

世の中には自分の不運を嘆く人がいるが、その中には、取り込むだけで出すことと与えることを考えない人がかなりいるのだろうと思う。それは「運が悪い」という人生に繋がるのである。

お金の使い方は、その人の才能の見せどころ

お金は使うためにある。そんなわかりきったことを、ほんとうは言わなくてもいいはずなのだけれど、なぜか溜めるのが趣味みたいな人があちこちにいる。溜めるということは単純に体にもよくない。呼吸という運動の中で、空気を吐きださなくなると、それも一つの病気である。食べたものが出なくなると、それは便秘で腸癌《がん》の原因になる。お金もうまく使うことができなくなると、毒が回って守銭奴に成り下がる。お金は使うことが健全なのだ。しかし何にどう使うのが健全だと、まともに言えないところがむずかしいのである。（中略）

お金のあるなしなど、大したことではない、と言いたいところだが、私はやはりそう

も言えない。ただ適切に溜め、適切に使うことが、その人の生涯をかけた才能の見せどころで、それに成功している人は、会社で出世などしていなくても、やはり大物であることを私たちはひしひしと感じるのである。

損か得かはその場ではわからない

損か得かということは、その場ではわからないことが多い。さらに損か得かという形の分け方は、凡庸でつまらない。人生にとって意味のあることは、そんなに軽々には損だったか得だったかがわからないものなのだ。

私は夫婦仲のよくない父母の下で育った。自殺の道連れになりそうな体験もあった。激しい空襲にもさらされた。うつ病にも視力障害にもかかった。六十四歳を過ぎてからは、なり手がなかった財団の無給の会長を九年半務めた。それらのことはすべて損どころか、私を育ててくれた運命の贈り物であった。

現世でのご利益を、私の信仰では求めないことになっているのだが、不思議なくらい、私が誰かに贈ることのできたものは、神さまが返してくださっているような気がする。運命を嘆いたり、人に文句ばかり言っている人と話をして気がつくことは、多くの場合、そういう人は誰かに差し出すことをほとんどしていない。

与える究極のものは、自分の命を差し出すことなのだが、私のような心の弱い者には、とうていそんな勇気はない。しかしささやかなものなら、差し出せるだろう。

国家からでも個人からでも受けている間（得をしている間）は、人は決して満足しない。もっとくれればいいのに、と思うだけだ。しかし与えること（損をすること）が僅かでもできれば、途方もなく満ち足りる。不思議な人間の心理学である。

自分だけの幸福を追い求めているうちは幸せになれない

自分だけの利益や幸福を追求しているうちは、不思議なことに自分一人さえ幸福にならない。

見舞いは運を均す人間的な仕事

昔はほとんど意にも留めなかったことの一つに、見舞い、というものがある、と最近しきりに感じるようになった。昔は、行ければ行く。義理で行く。どちらかの感じであった。しかし今はそうは思わない。見舞いというものは、かなり大事な人生の仕事ではないかと思う。

相手が病気で、自分が今は健康としたら、それは偶然なのである。人生は公平ではないのだ。人生の公平を願っても、おそらく未来永劫そうはならないだろう。

しかし不公平としたら、自分の手で、それを均《なら》すようにするのもいい。もし病人が退屈しているなら、そして社会から脱落し、忘れ去られはしないか恐れているなら、最低限、そうではない、ということを示すために訪ねるのは、実に人間的な仕事である。

死んでもあずかれる最高の栄誉

私の知り合いに、外見は穏やかな生活をしている一人の主婦がいる。（中略）彼女が結婚した相手は決して悪い人ではなかったが、彼女は夫をどうしても好きになれなかった。どこと言って非難するところはない。また非難してみたところで、世間はそれを決して納得するわけもないだろうと思われた。なぜなら、夫には世間の常識から言って責められるところは何もないからであった。ローンでお金を借りはしたが、とにかく自分の家も持った。二人の男の子も、特に秀才でもないが、とにかく浪人もせずに私大に入った。

しかし彼女はいつの間にか、自分の人生には何もいいことがなかったと思うようになったらしかった。不幸と言うことはできないかもしれないが、幸福とも言いがたい。つまり自分の人生は充実していなかったのだ、と思い始めていたのである。

その頃の彼女の顔は、心もち、眉根《まゆね》のところに険《けん》があり、暗い、生気のない表情であった。もっとも、その程度に疲れた顔をした人は世間にいくらでもいる。彼女は次第に愚痴っぽくなり、服装もかまわなくなった。子供とも話がなくなり、夫にも興味を失い、友達からは「あなた更年期よ」などとあしらわれて、何も言う気がなくなった、と言っていた。

しかし数年経って彼女に会った時、その顔つきは少し変わっていた。もともと軽薄な人ではないから、生まれ変わったというほど明らかな変化があったわけではないが、一脈の光が射してきたという印象は隠せなかった。更年期を抜けたのかな、と私は通俗的な推測をしていた。しかし話を聞いてみると、それは少し違った。

彼女はある時、知り合いの人から話を聞いて、死後自分の体を献体しようと決心したのだという。死後でも、体を切り刻まれるのはいやだ、という人が多いから、私はいささか意外に思って聞いていた。

「もし、それができたら、私は最低限、人の役に立てると思ったんですよ。献体すれば、まず角膜は使えるでしょう。臓器はもう年ですからね、お使いくださいったって断られてしまうでしょうけど、角膜はいくつになったって大丈夫なんですってね。実は私をかわいがってくれてた伯母が眼が見えなかったんですよ。それを思ったら、私の角膜が使えるってことは大きなことだと思えてきましてね。まだいつ死ぬかわからないのに、なんだかふっと明るい気がしてきたんですよ。よく当人が献体してくれって言ってたのに、遺族が反対してだめになるっていうことがあるそうですから、そういう時には、曽野さんも私の望みがそうだった、ってはっきり主人にも言ってくださいね」

私と彼女はいくらも年が違わない。こちらが生き残るという保証もないのだが、私はそうしましょう、と請け合った。

人は晩年でも生き直せる

人間は、死ぬまでに、いくら年を取っていても、死の前日でも、いつでも生き直すことができるはずなのである。

人間は人と関わらずには生きられない

私たちは、人と関わらずには生きられないのである。関わるということは、どちらかに必ず傾く。受けすぎを好んで生きた人と、与えすぎる運を引き当てた人とどちらかになるのだ。受けも与えもせずに、人間関係を構築するということは、言葉の上ではできるかもしれないが、事実上は不可能なのである。

与えてばかりいても、私たちは疲れるであろう。受けるばかりになると、強欲な人はますますいい気になり、まともな感覚の人ならひがむようになる。

受けて与えて、ごちゃごちゃになって、何だか知らないけれど人にまみれて生きた、という人生を送って、人は初めて豊かな晩年に到達するように思う。

一生に与えられる幸福の量は皆同じ

どんなにしても、世の中は楽しくないところなのだから、道子も生まれてきた以上、結婚して一人前に苦しんでみるべきだろう。道子にしてみれば生まれたくて生まれてきたのでもない、と思えば、夫人は自分のそうした判断が、甚《はなは》だひとりよがりで残酷だと思わずにいられなかったけれど、夫人はこの頃、人間がこの世で与えられる幸福と不幸の量は、全く誰も同じなのに違いない、という不思議な信念にとりつかれていた。

あの人は運がいい、この人は不運だ、と世の中の人は言うけれど、それは外側から見てそうなのに過ぎないのであって、幸不幸は無論、主観の問題でしかない。どんなに傍《はた》目《め》には不幸そうな状態にいたって、その人の感覚がもし幸いにも少し鈍ければ、立派に満足していることだってできるのだし。だから、道子が結婚しようとしなかろうと、苦しみの量は、つまり同じなのかもしれない。ただ質が違うだけだ。

＊

いつの頃からか知らないが、私は人間の一生に与えられた幸せの量は誰も同じなのだ、という考えを持つようになっていた。（中略）

外見は幸せそうに見える人に、案外な不幸が隠されている場合は多い。そういう人の苦しみは内部に沈潜して、表向きにはっきり表れたものより、痛みはずっと激しい場合が多そうだ。

経済的にも何不自由なく、愛し合っている夫婦がいたが、ある日突然、夫は破産し、それを苦にして自殺した、というような例が、小説でなくてもあるのである。

人生にはどんでん返しがある

ほんとうに人の一生というものは、最後の最後までわからない。「団塊の世代」がもう六十路《むそじ》を歩むようになった。彼らもまた、人には思いもかけないようなさまざまな人生の結論があるらしいということが、現実のものとして見えて来ているだろう。

同級生で成績も就職先の社会的評判も、出世競争でもトップを走っていたように思われる友人が、体を壊して五十歳前後で死んだり、再起不能の病気にかかったりすることはよくある。あるいは、才色兼備のいい妻をもらったように見えた人が、その妻がまだ六十歳になる前から知的能力に衰えを見せ、長い老後をずっとその世話をして暮らさねばならなくなるようなケースも決して珍しくはないのである。

長く生きるよさというのは、こういうどんでん返しが現実にあることを確実にこの眼で見られたことだと言うべきかもしれない。

結論は簡単には出ない。評価も単純にはつかない。人間は、どれほども自分の眼の昏《くら》さを知って謙虚になるべきだ、ということがひしひしと感じられるのである。

どんな病気にも奇蹟的な快復はある

どのような病気にも、奇蹟的な快復ということが常にあり得るし、どのような危険にも、信じられない生還のチャンスはある。

それがこの世に生を受けた人間の運命である。

人生は思い通りにいかないからすばらしい

人生はワンダーフルだという。初めて英語に接した時、ワンダーフルという単語は「すばらしい」とか「すてきな」という意味だと習った。しかしワンダーというのは「驚嘆すべきこと」「不思議なものごと」という意味で、人生がワンダーフルだということは、「人生は、不思議な驚嘆すべきものごとで満ちている」という意味になる。

人生は当人にも予測しがたいことに満ち、それが受け手にとってすばらしいかどうかは、二の次である。

しかし意図しなかったことではあるが、自分が思いもかけない道を歩まされ、それがそれなりに意味があったことを発見できた人は「人生はすばらしい《ワンダーフル》」と言うようになる。その人は成功者なのである。そういう境地に達するには、自然の成り行きこそ神の望むところだったという認識が力を発揮している。

*

人生は予定通りではつまらない。

第五章

「美老年」になる道はいくつもある

誰とも違う歩き方をするのが老年の道

ありがたいことに、二十一世紀初頭の、つまり現代の程度の日本の日常の中でなら、私たちは、時間的にも「負け戦」のように見える老年を、少しは自身の手で成形できる身心の余裕を持っている、と考えてもいい。何しろ飢えて路上で死ぬ人は、今のところ例外である。ある日いきなり自分の家の上にロケット弾が降ってくることもない。その上、病的にぼけない限り、老年には、誰もがかつてなかったほどの知恵者になっているはずだ。

だから解決の手段、解決の評価が、必ずしも若い人たちと同じではなくていいのだ。いや、若い人たちだけではなく、知人・友人の誰とも違って差し支えないのである。むしろその違いが、さわやかな風が吹き過ぎ、木漏れ日の暖かく揺れる老年の歩く道の風景なのである。

生き方に信念を持つ人は美しい

人間を美しく見せるのは、個性である。その個性を作るのは、彼か彼女自身の哲学や生き方に信念を持つことなのだろう。それが歩き方にも、食べ方にも、身のこなしにも表れる。

＊

六十になっても、八十になっても、その年の人らしい人間のおもしろさが出せなければ、その人はただ古びていっているだけということになる。

「美老年」になる道はいくつもある

年を取っても美しい人たちに私はたくさん会った。それらの人たちは、何よりも勉強をし続けて、教養があった。だから会話の範囲も広く、立ち居振る舞いにも優雅さと緊張があった。それが年齢や美醜を超えた魅力になっていた。

九十歳になっても、背負い籠をしょって、田舎の道を畑まで通う老女にも美しい表情があった。彼女は本も新聞も読まないが、社会の中で、自分の運命をしっかりと受け止めてきた人だった。美老年になる道はいくつもあるが、同時にどれも険しいとも言える。

根気よく続ければ、それがさわやかに感じられる時が来る

老年（四十を過ぎれば老年は始まる）の悲しさは、若い時にはほうりっ放しでもよかった体の維持に、手数のかかることである。ことに老年は、体の各部が縮み込む方向に退化する。だから背も、首も、手指も、すべては伸ばす方向にトレーニングをするだけでもずいぶん違うと思う。（中略）
頭をぼけさせず、かつ肉体的に他人に厄介にならぬためには、常日頃家具や靴《くつ》や機械類の手入れを怠らないように、体の手入れもしておかなければならない。毎日同じことを、おもしろくなくても続ける根《こん》が大切である。やがて、それがさわやかに感じられる

ようになることも、本当である。

背筋を伸ばすだけで五歳は若返る

私の知人に、六十歳を機に、家中のいたるところ十カ所に近く、鏡を置いたという人がいる。それくらいの年になると、もう年だから外見はどうでもいいや、という気になる。その気の緩みが、古めかしい服を着て、背中を曲げ、髪がぼさぼさでもいたし方ない、という結果を招く。

しかしそれくらいの年からこそ、人間は慎ましく努力して人間であり続けなければならない。そのためには差し当たり、姿勢を正し、髪も整え、厚化粧は避けても、品のいい生き生きした老人でいなければならない、と思ったからこそ、その人は鏡を十枚も置いたのだろう。

私はその話にいたくうたれた。別に新しい服を買わなくても、高い宝石を身につけなくても、背を伸ばすだけでも人は五歳は若くすがすがしく見える。

❖「いい顔」になる境地とは

若い時、美人だったという人に多いようだが、更年期を過ぎて美貌の衰えを感じると、急に気落ちしてしまう人がある。よく四十を過ぎたら、自分の顔に責任を持たねばならない、というのがあるが、私はあの説に反対である。人間は自分の顔にほとんど責任を持たなくていい。もちろん憎しみや羨みの感情は人をとげとげしくするから、それがなくなると人間は和《なご》んだ表情を見せるようになる。

しかし人間は一時期、とげとげしくならねばならぬ時もあり、すさんだ表情にならざるを得ない状態にも追い込まれる。人間の顔は美しくてもみごとだが、醜くてもみごとである。しかし、そういうふうに、一つの境地に到達すると、多分、人はいい顔を見せるようになるはずである。

何よりも確実なことは、人は他人の顔を、その当人ほど気にしていない、ということである。また客観的に見れば、女優さんのような人は別として、人は当人が思っているほど若い時に美しかったわけでもなく、現在が醜悪なわけでもない。

若ぶるのは幼稚である

若ぶるという姿勢は、いつ見ても幼いものを感じさせる。それは何歳になっても緊張して体や心を動かし、自分の心身の機能を最大限に鍛えておこうという姿勢とは違う。とにかく時間の経過に逆らって、自分だけはいつになっても若いのだ、ということを示そうとする不自然さを感じさせる。

その年、その立場に応じた適切な自己表現ができるには、まず自分を客観視する態度に馴れるべきだろうし、その次に言葉ではない精神の表現能力が要るだろう、とこの頃しきりに思う。

堂々と老いを受け止める

「七十でも、八十でも、美しいお婆さんはいくらでもいますよ。年相応によそおってね、婆《ばば》あ道《どう》に徹した人よ。何にでも道と立場があるじゃない。お婆さんになれば、お婆さんらしく自然にするのがみごとなのよ」

「それは、私も考えておりますね。年より少し地味目によそおえば、却って元気そうに見えますしね」

＊

老人が、慎ましく堂々と老いを受け止めていさえすれば、誰も敬服するものである。

健康を生きる目的にしない

今年もまた九月の敬老の日が近づいているが、たまたま読んでいた古代ローマの思想家エピクテトスの『語録』の中には、私たち老人たちも心すべきようなことがちゃんと書かれていておかしくなった。

年を取ると、健康を維持することに、たくさんの時間を取るようになる。朝から健康にいい、と言われていることしかしていない人までいる。

エピクテトスはそうした現代人の出現を二千年も前から予測していたかのようだ。彼は次のように書いている。

「肉体にかんする事柄で時間を費やすこと、たとえば、長時間運動をしたり、長時間食ったり、長時間飲んだり、長時間排便したり、長時間交接したりすることは、知恵のないしるしだ。ひとはこれらのことを片手間になさねばならぬ。きみの全注意は心に向けたまえ」

自分がこのどれかに該当しているからと言って、別に怒ることも気に病むこともない。長時間かかる人に理解を示すのも当然だ。しかしこうした長時間の行為が、手段ではなく、目的とされることが、いささか滑稽であることもほんとうだ。これらのことは片手間にすべきことだという実感はある。

老人になると、いや老人でなく中年後期でも、健康保持を最大の仕事にしている人は昨今どこにでもいる。健康は傍《はた》迷惑でないという点ですばらしいものだ。しかしできれば片手間でそれができたら、もっと粋なのである。

❁定年後の道楽は料理がいい

私の知る限りで、退職後に始めてもっとも奥が深く、しかも日常的に役に立つ道楽は、料理であろう、と思われる。料理というものは、創造的総合芸術であり、段取りの必要な総合作業なのである。だから料理を続ける限り、頭はよく使うことになる。

自分で食物の調理のできない人は、以前どんなに偉い地位にいようと、まず生きる資格がない動物である。エサを工面できない野生動物はまず死に絶える他はないのだから。自分がやっていた以前の仕事に比べれば、料理など取るに足りないものであって、従って定年後もやらなくて当然だと思う人がいたら、まずやってみることだ。料理は総合的かつ創造的作業能力を必要とするものだから、かつての社長にも、次官にも、長と名のつくあらゆる人にも、生半可な自信ではできはしないのである。ましてや私のように五分か十分あれば立派に食べられる「手抜き料理」を作る才能などあるわけはない。

＊

定年や老化は必ず来るのだから、それに対する心の用意をしないということは不思議な怠りである。前にも触れたことだが、老年になれば、妻と死別したり、妻が急に入院したりする可能性も出てくる。そのために、簡単な掃除、洗濯、料理くらいができない男というのも、賢い生き方とはいえない。

それでもまだ、私の周囲には、自分でお茶一ついれられないし、ご飯も炊けず味噌汁《みそしる》も作れないという無能な男がいくらでもいる。

よい食事と読書が生き生きした老年をつくる

女性たちは忙しいから、自分で調理をする暇がないという。しかし今の女性たちは、昔の主婦たちよりずっとたくさんの時間とお金を美容に使っている。年を取っても魅力的な人と言われるためだ。

しかし外見の若さの基本は、新鮮で安全な食材を使った食事をすることだろう。人間の長寿や健康のもとは、日々の栄養の摂取法の積み重ねの結果だ。

もう一つ若々しい魂を保つためには、精神の栄養が負けず劣らず必要だ。そのためにはたくさんの尊敬すべき人に会い、複雑な人生の機微に触れた会話に加わり、強烈な現世の限界の姿に触れる体験をし、何よりもたくさんの読書をしなければならない。

文学を理解できるのは老年の特権

私は今でも、死ぬまでにシェークスピアを全巻読み尽くして死にたいと思っている。何歳で成就《じょうじゅ》するかわからないが、死ぬまでかかってもいいのだから、楽しい限りである。まだ若い、挫折を知らなかった年には、シェークスピアの作品の中のなにげない言葉の端々に含まれる味など、わからなくて当然である。このおもしろさがわかるのは、老年の特権だ。

そういえば、すべての文学を理解するという能力は、青年のものではなく、老年のものかもしれない。特別な若者向きの作品の中には、若者しかおもしろがれないものもあるが、それ以外の文学は、すべての年代を知って来た老年のものなのである。

どれだけ人生に感動できるか

音楽でも深く感動する。書物でも胸が高鳴る。理由は同じである。人生を発見して、自分が深くなったような気がするからである。それは錯覚かもしれない。しかし自分を深めるのは、学歴でも地位でもない。どれだけ人生に感動したかである。

年寄りは軽薄なくらい新しいもの好きでいい

ニュースには（それに振り回されるという害毒に対する抵抗力さえあれば）不思議と人間に若さを与える力がある。その証拠に、人間は老化すると、真っ先にニュースに興味を示さなくなる。私は三人の老世代といっしょに住んでそのことを発見したのである。

＊

老年は、軽薄なくらい、新しいもの好きであっていいのかもしれない。

年寄りが、過去の経験を頼りに、カンを働かせて、衰えてきた機能の補填《ほてん》を行なうのはやむを得ないが、できるだけ柔軟な観察と、論理立てを繰り返す習慣をつけることは必要である。

若い人は週刊誌などはあまり読む必要もないが、年寄りには大切かもしれない。

会話上手になる極意

ほどほどというのは、まことにむずかしいものだが、全く昔話をしない老人というのもまた、老人らしくない。私は昔から、老人の話を聞くのがそれほど嫌いではなかった。同じ話を繰り返しそうな危険のある時には、

「この前、あなたに会ったのは、いつだったっけ」

と聞き、この前から今まであったことだけ喋るのもコツである。もっとも、この前と今日までの間に何があったか忘れるということも、大いにあり得るから、このコントロールは実にむずかしいものである。

それを恐れる場合は、会話は主に若い人に喋らせるといい。若者は時々、年寄りをおどしたり、だましたり、バカにしたりするが、悪意ではないのだから、だまされ、バカにされてやらねばならない。

明るく愚痴を言えるか

愚痴をこぼすことは、世界平和ならぬ「世間平和」のためにはかなり役立っている。人は他人の愚痴も時には好きなのだ。それによって自分の幸福を確かめる。だから自分から愚痴という形で情報を提供することは、賢い役割を演じていることになる。愚痴の内容はしかも、多くの場合普遍的な要素を持っているからである。しかししつこくて明るさのない愚痴は、嫌われる。

老年の賢さと体力が如実に示されるのは、自分の体の不調や不幸を、どの程度客観的に、節度を持って自覚し、外部に表現できるかということにもかかっているかもしれない。いつも眉をしかめて、前はあそこが悪かったのだが、今はここが悪いと訴え続ける人がいる。するといわゆる暗い空気があたりに立ち込める。

人間は原則として、陰々滅々たる空間の中にはいたくはないのだ。だからそういう人の傍《そば》には、結果的に人が寄りつかなくなる。するとこの人は、世間はみんな自分に冷たくて、放置するのだと言うのである。

老年にこそユーモアを忘れない

よく施設や病院などで、高齢者が幼児語で喋りかけられることについて、その「無礼」を怒っている人に会うが、相手は素早く、こちらの態度を見ているのだと思う。こちらが、ただ病気なだけで、精神の姿勢が自立している時には、相手は幼児語などで喋りかけたりはしないだろう、と思う。それでもやめない相手だったら、私なら、相手にも幼児語で喋りかけることにするだろう。これが臨機応変な会話というものかもしれない。

老年にユーモラスでいられたら、最高にすばらしい、と思う。ユーモアというものは、客観性と、創造力（想像力でもいい）と、寛容の精神なくしては、見られないものだから、これがある間は、まだいくつであっても立派に「人間をやっている」のである。

固定観念を捨てる

昔、遠藤周作さんと私の夫がスキヤキを食べに行った。卵の殻を割ったら小さな血の塊が黄身についていた。スキヤキ屋の女中さんは、すっかり恐縮して言った。

「すみません、今すぐお取り替えいたします」

心優しい遠藤さんは、女中さんを慰めるように言った。

「いいんだよ、君が産んだ卵じゃないんだから、別に謝らなくても……」

このエピソードは、夫の大好きな話だ。作家というものの、単に変わったというだけでは済まない強烈な個性がほの見えるからである。私たち夫婦はこの話でずいぶん楽しんだ。私たちは、人間が卵を産まない、という知識のために今までとらわれた見方をしていたということをしみじみと思うのである。

気の弛みが老いを招く

五十何歳になる息子が病気や怪我《けが》で寝たきりになっているので、いつ果てるともない看病にうち込んでいる老母。いい年の子供が、刑務所を出たり入ったりしているので、そのことから心を放すことのできない老母。

どれをとってみても、いたいたしいほど、老いの肩に、子供の重さがくい込んでいる。しかしそのような苦しみが、時として、その老女の心を支えるのである。

自分が心配をかけない子供であることが最上のことだ、と思い上がってはいけない。また、親の方も手のかからない、独立心の強い子を、手放しで喜んではいけない。まるで交通安全標語じみるが、「その気の弛みが老いを招く」のである。

もし心配をかける子供を持ったら、その子がせめてもの親孝行と思って、親不孝をしているのだと思いたい。「死ぬに死ねない」という思いを与えてくれるのは、心配をかけない子ではなくて、できの悪い子なのである。

物を捨てると若さを取り戻す

人間の体の細胞もそうらしいが、古いものは新しいものに変わるべきなのである。ことに人間が美的に整然と活動的であるには、まず単純な生活から始めねばならない。ところが、これがなかなかむずかしいのである。

だらしのない人間の部屋は、決して何もない、という感じにならない。あらゆる不用なものが、生活の空間を占領していて、もっと積極的に使えるはずの場所をふさいでいる。（中略）

物を捨てると、新しい空気の量が家の中に多くなる。それが人間を若返らせる。

＊

かつて部屋を飾ることも好きだった人間（私）が、そこからものが減って、「空《くう》」が入り込んでくるのを、快く感じる。何という不思議な変わりようだろう。知人にその話をしたら「空き間を作ると、お金が入ってくるって言うんですよ」と慰め顔で言う。その人は入り込むものを、お金か高価なもの、つまり物質と思っているらしいが、既に私は「空」が入り込んで来て、そこを満たしたことを感じている。

このさわやかさは何ものにも換えがたい。

晩年に美しく生きるには

その存在が、自然でおもしろく、輝いて見える人間というものは、やはりさまざまな意味で、自立している人、個人で毅然《きぜん》として生きている人である。

理由は簡単なのだ。もし誰でもいいが、その人が誰かの世話になっていると、どうしても他人の生き方の趣味が加わってしまうから、その人は一体どういう人なのかわからなくなるのである。

晩年に美しく生きている人というのは、できればごく自然に、それができなければ歯を食いしばってでも、一人で生きることを考えている人である。

＊

ほんの一瞬、至暁子《しげこ》の前に近々と跪《ひざまず》いて顔を寄せた時、茜は涙をこぼした。至暁子は何と一人で堂々と生きた人だったろう。一人で愛し、結果を誰のせいにもせず、一人で道を決め、一切の執着を絶って生きた。子供に頼ることもなく、この地球の果てのような土地に住みながら、寂しさや恨みを訴えたこともなかった。至暁子は人生の最後に実にいい闘いを自らに挑《いど》んで死んだのであった。

夫婦でも基本は一人で生きられること

人間は、寂しいことだが、一人で暮らすことくらいできなくては人に迷惑をかける。何より私たちは一人で死ななくてはならないのである。

年を取るに従ってそれとなく、少しずつ、夫婦が別々のテンポで暮らすことに馴れようとしている夫婦を私は知っている。妻は一人で旅行したり映画に行ったりすることを、夫は妻に先立たれた時のために簡単な料理や洗濯に困らないようにという訓練をしている。また、その反対にもう僅かしか生きないのだから、できるだけいっしょの時間を増やそうとしている夫婦もある。どちらも、夫婦でありながら個としても成り立つ生活を基本に考えてそうしているのである。

人生に引退はない

百歳まで生きる人が多くなったという時代に、そして百歳に近づくほど、人の世話にならねばならないのに、七十代半ばから遊んで暮らしていたら、社会はとてもやっていけない。

*

人生に引退はないのだ。死ぬ日まで、体の動く人間は、生きるために働くのが自然なのである。そしてまたそのことが、人間に生きる目的も、自信も、希望も持たせるという事実も忘れたくない。

一人で人生を戦うことが品を保つ

今の時代に品などという言葉を持ちだすと笑われるだろうが、私はやはりある人が品がいいと感じる時には、間違いなくその人が成熟した人格であることも確認している。

品はまず流行を追わない。写真を撮られる時に無意識にピースサインを出したり、成人式に皆が羽織る制服のような白いショールなど身につけない。あれほど無駄で個性のない衣服はない。それくらいなら、お母さんか叔母さんのショールを借りて身につけた方がずっと個性的でいい。有名人に会いたがったり、サインをもらいたがったりすることもない。そんなものは、自分の教養とは全く無関係だからだ。

品は、群れようとする心境を自分に許さない。自分が尊敬する人、会って楽しい人を自分で選んで付き合うのが原則だが、それはお互いの人生で独自の好みを持つ人々と理解し合った上で付き合うのだ。単に知り合いだというのは格好がいいとか、その人といっしょだと得なことがあるとかいうことで付き合うものではない。

その意味で、最近はやりのフェイスブックなどというものを（私はまだ利用したことがないので詳しいことはわからないのだが）信じる気にならない。

品を保つということは、一人で人生を戦うことなのだろう。それは別にお高く止まる態度を取るということではない。自分を失わずに、誰とでも穏やかに心を開いて会話ができ、相手と同感するところと、拒否すべき点とを明確に見極め、その中にあって決して流されないことである。

外見が衰える頃から輝きだすもの

中年以後、外見は衰えるばかりである。三段腹、二重顎《あご》、猫背、白髪、禿《は》げ、たるみ、その他あらゆることが決していい方には行かない。その時に、不思議な輝きを増すのが、徳だけなのである。

徳は広範で、私たちの見ている天空のようなものである。そこにはあらゆる人間の、

人間だけが持つ不思議な輝きが、光を放っている。光は人生の黄昏《たそがれ》から夜の近い頃になって初めて輝きだして当然だろう。(中略)

もう何十回も私はエッセイの中で、「徳」を示すアレーテーという古代ギリシャ語は、「勇気」「奉仕貢献」「卓越」と全く同じ言葉だと書いた。私のエッセイを読んでくれている読者はごく稀だと思うから、私はもう一度それを繰り返すことを許していただきたい。中年になっても、いささかも「奉仕貢献」などしようと思わない人は、徳がないのだ。徳がないことは卓越もしていない証拠なのだ。少なくとも、ギリシャ人は、もう数千年も前からそう考えた。

中年になっても、確信を持って人と違うことを言ったりしたりする勇気を持たない人は、徳もないのだ。当然卓越もしていない、とギリシャ人は考えた。この偉大な連動的な思考に私は圧倒される。

人柄が悪い人はおもしろい人生を送れない

人柄のいい人、という定義には、特に外見が美しいとか、大金持ちだとか、地位の高い人だとかいうニュアンスは込められていない。しかしそこには人間の魅力の源泉である温かさという美徳が込められていると私は感じている。

生きている人には体温があるのだが、この頃他人のことなど眼中にない、という爬虫類《はちゅうるい》のような人もいるようになった。もちろんライオンにも象にも、心に近いものはあるのだろうが、動物の心の主流は、もっぱら自己保存の本能に向けられている。自分以外では、子供が親を求めたり、子供を守ろうとしたりしているが、それらは自己保存の変形だろう。

身の回りの肉親や、他人のためにあれこれ思うことのできる心の存在が、人柄を作るのである。

人柄のいい人は、自分のであれ、他人のであれ、人生を総合的に見られる眼力を持っている。他人が助けられるのは僅かな部分だが、それでも手助けしようと考えるのである。

別に自分の人柄をよく思われなくていいです、と若い人は言いそうだが、客観的に見てあの人は人柄がいい人だ、と思われないような人に、他人は尽くさないものだろう。

人柄の悪い人には、何か助けるべきことがあっても、してあげようという気にならないことがある。だから人柄がよくない人は、結果として貧しい人生を送る。お金やものに貧しいだけでなく、何よりおもしろい人生を送り損《そこ》ねるのである。

健康であることに感謝できるか

自分の払った健康保険だけは、使い尽くして死ななければ損だと言う人がいるが、私はそう思ったこともない。もし私が健康で、病気をせず、自分の払ったお金をたまたま体の弱い人に回せられれば、光栄だったと思う。使わない人たちは、代わりに健康をいただいたのだから、運命に対するお礼と考えればいいのである。

タダほど老けさせるものはない

あるご老人は、タダでいいというバスにも、きちんと乗車賃を払って乗っている。息子たちは《何も、バス会社をもうけさせることはありませんよ》と言っているが、その人は、タダを承認する時に、経済的にも、精神的にも独立した人間であることを失い、老け込むのだと言い張って聞かない。その人は別に金がありあまっている人ではない。退職金をむしろケチケチと使って、息子たちの世話にはならない、と言って暮らしているがんこ爺《じい》さまである。

数日前の新聞の投書で、せめて老人には、国の予算で里帰り墓参の費用を、というのがあった。こうなると、もうご老人の要求はとどまるところを知らなくなるであろう。どんな境遇の人でも、思いのままにできるということは、この世にないのである。それは、人間共通の運命である。

金がなければ誰も旅はできない。旅ができない、という悲しみもまた人生の実感なのである。資本主義ではなく、社会主義、共産主義の世の中になったら、金がなくても旅は自由にできるか、というとそうではないようである。金がなければ旅ができないことは同じだし、他のさまざまな制約が自由主義国では許されるはずの人間の移動の自由を奪っている。

実に、好きな時に、金さえあれば、誰でも好きなところへ行けるということだけでも、我々が得ている自由は大きいのである。金がないから行けない、というのは、何という大きな不合理だ、と嘆くことはない。誰もが、何かを得ていないのが、この世の姿である。

不足は人間に生きる意欲を与える

本来、人間はすべて適当がいい。親切の場合は、適当な親切がいい。しかし私がそう思っても、相手にとっては過剰になるか、もう少し親切にしてくれたらいいと思うか、どちらかである。全くちょうどいい状況というのは、論理としてはあるが……実際にはないと思った方がいい。

とすると、その場合どちらがましか。親切ばかりでない。すべてのものについて、少々の過剰と、少々の不足とどちらがいいか、ということになると、物なら少々の過剰は捨てられるが、心理的なものは少なめがいい。時間がありあまること、愛情のかけすぎ、すべてよい結果を与えない。

少々足りない時には、人間は、「ああ、もう少し○○があったらなあ」と考える。しかしこの程度の不足を嘆くことは、人生でまことに健全なことなのである。不足は人間に生きる意欲を与える。

恵まれすぎると楽しみが減る

けたはずれにお金持ちの家のお嬢さんがいて、その人がまた、どこかの会社の経営者の御曹子のところへお嫁に行く話を聞かされたことがあった。

親が何もかも用意してくれてしまうのだという。今時そんなおとぎ話みたいなことがあるのですかと聞いたのだが、二百坪の土地に四十坪の家を建ててくれて、銀器やうるしの食器を備え、ダイヤの指輪やミンクのストールもいくつかあって女中さんと外車をつけてもらって新夫婦はできあがるのだという。

皆、初め羨ましがったが、そのうちに次第に憐れみを覚えてきた。

「楽しみがないわね、それじゃ」

と一人が言った。

「そうよ、毎月、食器を揃えていくなんて楽しいですものね。そういうお楽しみがないなんて、お気の毒よ」

私たちは全くぞっとしたのである。

こういう夫婦は、もうおいしいものを食べすぎた胃袋のようなもので、ただ限りなく重く不快感があり、空腹の時に、あの一杯の味噌汁、一ぜんの白いご飯をがつがつと食べる楽しみを知らない。

だから、心身を破壊するような極貧や病気は別として、常に思いを遂げていないという実感こそ、人間を若く魅力あるものにする。

譲ることができるのが老境の美徳

老齢の美しさは、譲ることができる、というおおらかさであろう。自分が、私が、と気張って前にしゃしゃり出る年代ではない。

老人が真っ先に失うのは「大人げ」である

人間には二つの時期がある。育てられる時代と、育てる時代と。私たちは食物と知識を与えられて一人前に育つ。それから徐々に他人を育てる側に回る。まだ老境の入口にある人は自分より高齢の人を立て、年を取るに従って、次第に若い人にその場を譲る気持ちを持つのが自然である。

私は、そのような行為の美しさを、実際に何人もの先輩から教えられたのであった。その方々は、今でも、冷汗《ひやあせ》の出るような、私の青くさい行動を許し、包み、守ってくださった。そしてそれとなく私を、前面に押し出すようにされた。私がただ、若いから、というそれだけの理由で、私に人々が注目するようにしむけ、私の才能（そんなものはあったのかないのかわからない）が、少しでも伸び易い素地を作ろうとしてくださった。

　そのようなことほど通常、さりげなくされるものだから、私は何とお礼を言っていいかわからず、結局何も言わないままになってきてしまった。

　しかし老人になっても、あらゆることについて自分が前面に出たがる人がいる。それは前向きでいい生き方なのかもしれない。しかし、大人げがない。

　老人が真っ先に失うのは実に「大人げ」なのである。（中略）老人は一見誰も諦めよくなっているように見えるが、決してそうではない。「大人げ」とは、大局に立って、自分は引くことであると私は考えている。他人にとっていいことのために、自分を少々犠牲にして、さりげなくしていることである。私は「大人げ」の美学を大切にしたいのである。

　誰でも一度は若く、誰でも一度は老いる。これほど公平な成り行きを嫉妬するのは、強欲《ごうよく》である。

文句も言わず損ができるか

究極の品位というのは、実は自分の働きに対する正当な報酬さえ期待せずに、文句も言わずに損をすることのできることなのではないか、と思う。

尊敬を覚えずにはいられない人

視力も聴力も運動能力も、何もかも失われた人でも、他人に尊敬を覚えさせずにはおかないような威厳を持つことはよくある。それは、その人が一生かかって何かを追い続けてきたという実績であったり、何の特技もなくても慎ましく他人に感謝することを知っていたりする賢さに対してである。

寝たきりになっても「与えたい」と思えるか

ある人が、長い間、自分の勉強や仕事をこつこつと続けてきて、そこで今はもうぼんやりとしてしまっているような場合でも、悪あがきをしない自然さがあれば、若い世代もまた、無言のうちに、そこに威厳を感じるものなのである。

私の知人にも、八十歳を過ぎて、やや苔《こけ》のような感じになっている老学者がいるが、彼が動脈硬化による発作の後の、長い昏睡《こんすい》から覚めた時、まず第一に言ったことは、「長い間、皆に迷惑をかけたね、ありがとう」という感謝の言葉であった。その後も彼は別に、学者としての生活に復帰したわけではない。耳も遠くなり、一日中ほとんど喋らない。ただ七十代の終わりに近い老妻と二人だけで、子供たちとは別の家に住み、今でも、四十、五十になる子供（？）たちが来ると、一個の菓子でも「持って帰らないかね？」と言うのであった。

彼の孫の一人が、

「すごいもんだね。うちのおじいちゃん、あんなに何もできなくても、座ってるだけでもいいものね。あんなに端然として立派な年寄りってなかなかいないよ」

と言ったという話を聞いた時、私は涙ぐみそうになった。それはその老人がまだ、自立の精神を持っており、与えられることをでなく、与えることを願う、家長の心を持っているからである。

文句なしに感謝すべきだと思う時

私の知人友人で、若くして死んだ人たちのことを、この頃時々考えるようになった。若くして既に愛すべき魅力的な人たちだったから、私は友達にしてもらっていたのだが、もし今まで生きていたら、彼らはさらに、どれほど「いい男」「いい女」になっていただろうか、と思う。彼らを思いだす時、私は今まで生きてこられたことを文句なしに感謝すべきだと思い直すのである。そして感謝がにじみ出たような心の姿勢を持つ老年になりたいと思う。

第六章　もういやなことを考えている暇がない

できること、できないことが明確になる

できることと、できないことが、はっきり分かれてくるのが老齢というものだ。しかしできることはまだできる。私の場合でも、引っ越しの作業をしろ、と言われると困るが、書くことと料理はまだ若い時と同じくらいできる。

しかし重いものが持てない、資料を整理する体力がない、などという点は、ますます明瞭になってきている。それを僅かに救っているのは、狡さに似た才覚である。

静かに変わっていくのが人間らしさ

私は六十歳で年賀状を書くのをやめた。ただでさえ年末は、締め切りが繰り上がり、寝る時間も減らさなければならなくなる。若い時には耐えられた状況も、年を取ると次第に辛くなる。それが原因で病気になったら、家族も大変、治療には税金も使うようになる。無理をすることは、逆に無礼なのである。（中略）

どんなに年を取っても前と同じように振る舞うというのは思い上がりだと私は思う。ものごとには、いつかは終わりが来る。いきなり来ることもあるが、少しずつ店仕舞いの用意をするのである。それを弱者いじめとか、高齢者の不安は政治の貧困、というふうに思う最近の風潮の方がおかしいのである。

年賀状を出さなくても、葬式に欠礼しても、高齢者に対しては、誰もが、年のことを考えてくれる。こんな寒い時の葬儀に無理して参列してくれて、それがきっかけで風邪を引き、肺炎にでもなられると困るから、お宅で暖かくしていてくださった方が安心だと思う。亡くなったという知らせはなくとも、年賀状が来なくなるということは、あの人ももう年だから自然だ、と誰もが思ってくれるのが老年のよさである。

ましてや年金暮らしかどうかくらいは誰にでも容易に想像がつくことだ。最盛期には羽振りのよかった人でも、高齢者になれば、皆お金とは無縁の静かな暮らしに入るのだ。それは別に恥でもなく、落ちぶれた証拠でもなく、憐れまれる理由でもない。むしろ静かに変わって行くのが人間というものの堂々たる姿勢だと思う。

「納得しないことをしているヒマはない」

「僕は、この頃、浅ましく生きることにしましてね。いやな時は、いやな顔をすることにしたんです」

大一郎は瓜生《うりゅう》勢津子《せつこ》に言った。

「そうですか、猪山《いのやま》さんは、全くそういうことをなさらないで、何でも我慢強い方のようにお見受けしますけど」

「小さなことはいいんです。人、それぞれに好みがありますしね。僕自身、甘いものはそうおいしいと思わないけど、お汁粉をにこにこ食べてる女を見るのは、悪くないですし、生活方法全般にわたって、違っていていいと思うんですよ。しかし本質的なことは妥協できなくなった」

「お年のせいですか？」

勢津子は微笑した。

「そうかもしれませんね。この頃、何かにつけて、この先、もう長く生きないんだから、と思うんです。僕はこの頃、まわりの老人たちを見てますけど、六十五歳までは、まあまあ大丈夫。

六十五歳以上は人によります。元気な人はいい。しかし体の弱い人はそろそろ故障が出て来ます。体の故障は自分でわかるからいいけど、頭の鈍くなるのは、当人にわからない。六十五歳を過ぎたら、責任ある地位につくべきではないですね。自分の頭がどれほどぼけているか、当人にはわからないんですから。

そう考えて来ると、僕が人間として、精神、健康共に揃って生きていられるのは、うまく行ってもあと二十五年です」

「二十五年は短いですわ」

「そうです、短いんだ」

大一郎は呟《つぶや》いた。

「急がなきゃいけない。僕はこの頃、本当にそう思って来た。納得しないことをしているヒマなんかないと思いだして来ました」

大切なことの優先順位をつける

私はすべての人間世界のできごとを、「大切順」に並べて考えるより仕方がない、と思っている。「大切順」というのは、プライオリティ・オーダー（優先権）のへたくそ訳である。人間の持ち時間も限られている。人間の金も限られている。それで全部に万遍なくよくしたり、使ったりすることはできない。

人生は「自分の選択と運」の結果である

「ご主人が病気なのに、朝から今まで出歩いてたのかしら」

電話を切ってから雪子が呟くと、智子は、

「ほっておきなさいよ。どんな事情があるか、よその人のことはわからないんだから」

と冷めた口調であった。

「どっちかが決定的に悪い、と思ってると、たいていどっちも悪い場合が多いんだから」
「ほんとにそれはそう」
「雪ちゃんは優しいから、いちいち心を痛めてるけど、私、年寄りだろうと何だろうと、すべてはその人が自分で選んだところの、ある運命の結果なんだと思う」

自分が本当に欲しいものしか要らない

人間、自分の欲しいものしか本当は要らないのだ。その見極めがいる。

*

いったい自分が本当に望むもの（望まないもの）もわからなくて、上等の人間ができるものだろうか。他人には必要でも自分には要らないもの、他人は要らないと言うが、自分にとっては断乎《だんこ》として必要なものの区別くらいつく時、初めて、この単純で素朴な選択の第一歩は、その人の思想や生き方を動かすもとの力になるのである。

安全な道を行くだけが人生ではない

「今から三年ほど前でした。ある日家内が言うんです。私たち夫婦は、悪い夢みたいに平凡だった、って。何か他に生きようがあるんじゃないかと思うこともあったけど、お互いに竦《すく》んでて、結局何もできなかったわねって。これで人生終わるんでしょうね、って言われて返事に困ったことがあります」

「それが不幸だといえば不幸ですけど、その程度のことを幸福の目標にしている人だってたくさんいるんですよ。考えようによれば、あなたは子供たちにもヨットを教えて夢を与えたし、奥さまは病気を治すことに働いておられるんだし。すばらしい仕事をなさったということもできるわ」

「でしょうね。でも冒険をしなかったからね。冒険をしない人生って、どこかばかにされるような気もする」

「誰に？」

「自分にです」

＊

生の充実感というものは、人にとって実に大切なものなのだ。それがないと、人間は生きていてもどこかに不満を残しているし、死んでも死にきれないような気分になる。

安全がいいことだとはわかっているが、安全だけがいいのでもない。昔はこうした、もだしがたい思いというものをわかってやる親も人も世間もあった。何より当人がそうした冒険を自分の中に認めていた。

しかし今はそうではない。怖いこと、危険なことは一切しない小心なおりこうさんばかりになった。その時、人間性の一部も失われたのだ、と私は思っている。

自分だけの「楽しい時」を持つ

一九八三年私は気の合った仲間五人と、サハラ砂漠を縦断した。約六千八百キロ、二十三日間の旅であった。(中略)

その直後に書いた『砂漠・この神の土地』というサハラ縦断記の最後で、私は次のように書いている。

「私たちの旅行は終わった。

すべてを終えた今、私にはたった一つの思いしかない。それは、一度あの厳しい砂漠の静寂に包まれ、半円の天空に散らばった星座が、ただ、自分のためだけに、壮麗な天《てん》蓋《がい》を自分の頭上にかかげてくれている、と感じた者は、もう二度とまともな感覚には戻れないということだ。そういう人々は、たとえ都会の喧噪《けんそう》の直中《ただなか》で、人間の規約に従順に従っているように見えても、心のどこかで、逃げて行く場所を知ってしまっている。それは、その人にとってたった一人の場所、一人で生きて行く場所、一人で死んで行く場所なのだ。それは、神の声に満ち、人々の魂の永遠の合唱の聞こえるところであり、人間の肉体が一粒の砂に音もなく帰するところである。それは、この上なく透明な月光に照らされながら、この地上から永遠へと繋がっていて、もはやその繋ぎ目も明らかではないという場所である。

私はその壮大な明晰《めいせき》と不透明を、共に愛した。人間が乾いたまま受諾されることと拒絶されることを共に味わった。もうそれで言うことはない」

私は砂漠で「楽しい時」を持ったのである。

どのような時間が「楽しい時」かそれは人によって違うだろう。違っていいのだし、違うべきなのだが、人は勇気を持って自分だけの「楽しい時」を持つべきなのである。

「死ぬ前にしたいことをする」

冒険をしよう。中年以降の特権は、冒険をしてもいいということだったに違いない。若い時には、私たちは親や子供のために生きていてやらねばならない。しかしある年になれば、もういつ死んでもいいのだ。私はほんとうに今自由なのだ。

＊

「あなたの人生なんですもの。たとえそれが、道徳にも、礼儀にも反してたって、誰もそれをやめさせることはできないのよ。よく世の中の人が『そんなばかなことはよしなさい』っていうような言い方で、誰かの行動を規制するようなことするけど、あれなんか、ほんとに嫌い。愚かだろうと、賢かろうと、そんなことその人の人生じゃない。だから、私はあなたの選択を全く批判する立場にないのよ。ただあなたが、フランスの田舎に引きこもって、人生の何年間かを生きてみたい、っていうのはよくわかった。自分だけを大切にしてね。誰にも妨げられずに生きてみたくなったとしたって、誰もあなたを非難できないわよ」

*

年を取ると、たいていの行動は不自由になるが、たまにはこの上もない自由を取り返すこともある。

それは、あまり予後が期待できないと宣言された人と喋る時である。

若い時だと、相手はもうすぐ死ぬと思っているのに、自分はまだ生き続けるという運命の差の大きさを、どう処理していいかわからなかった。しかし最近ではそんなことはない。こちらも、数年の間に死ぬのである。ただ相手のように、その期間を教えられていないだけだ。教えられていたら、私はもっと熱心に人生の後片付けをするだろう。（中略）「あなたは、三年でダメだって病院で言われたかもしれないけど、私は今健康みたいでも、それより早く、ぽっくり死ぬかもしれないのよ、この年になると……同じことじゃない。予告されてる方が、よっぽど便利なんだ」

もちろんこんな無謀な会話を嫌う人は多いだろうけれど、私のように八十代も半ばになると、ほんとうに言葉が自然に出る。

だからしたいことをしなさい、と言う人もいるから、それも便利だ。「死ぬ前にしたいことをするの」と若い世代を脅せば、たいていのことは、家族に大きな迷惑をかけない限り許してもらえる。

人生は楽しければいいのだ

私は四十代の終わりまで、およそ畑仕事に縁のない人間であった。しかしその頃、視力障害を伴う眼の病気をしたために、本業の小説を書くという仕事が不可能になり、心ならずも土いじりをすることになった。もちろん、私は今でも素人の一人でしかないが、土をいじることが私の生き甲斐になり得るということがわかったのも、この眼病のおかげである。

要は楽しければ、誰も自分の人生が失敗だとか、虚《むな》しいとか思うことはない。出世を望むのは、出世した状況がいいのではなく、退屈を知らないその過程が羨ましいのである。それゆえ社会的に偉大なことなどしなくても、生き甲斐のあるいい生涯を送ることなど、簡単にできるはずなのである。

生き甲斐は自分で発見する他ない

生きる楽しみは、自分が発見する他はない。(中略)

若い時代に、あまり遊ばなかった人の中には、遊びを罪悪と心得ている人もいるが、むしろ、こうした遊びの方法(ゴルフ、碁《ご》、将棋、パチンコ、トランプ、花札、ダンスなど)を意識的に覚える必要があり、一方、一人で学んだり読んだりすることを知らなかった人は、老後の大切な時間の使い方として、読書と思索に馴れた方がいいと思う。その他のあらゆるアマチュアとしての学問や知識や技術はどんなものであれ、すべて老後を楽しく変化に満ちて生きるために役に立つ。孤独からまぬがれる方法もまた、自らの努力なしには解決しないのである。

人生初の体験をおもしろがる

五月二十八日、生まれて初めて府中まで日本ダービー（正式名称は東京優駿）の競馬を見に行った。

私はこの頃、その日に体力があれば、まだ体験したことのなかったものだけ、出かけて行って見せてもらうことにしている。何のためでもない。ただ私は、この世の中には、一つとして無駄なことがなく、何とよくさまざまな目的のために備えられているのだろう、と思うことは昔から多かったから、強いて言えば個々の事実を楽しむ小説家として、改めてそれを確かめに行っているのである。もう死も間近いのだから。

お金のかからない娯楽

年を取ると、多かれ少なかれ甘いものが好きになって、ケチになるのだそうだ。甘いもの好きの方は比較的対処が簡単だ。もう人生のいいところは生きたのだから、後は食べたければ食べて命を縮めればいい。しかしケチの方は少し厄介である。何でもとにかくお金を出すことはいやだとしながら、やはり生きていかねばならないからだ。だから私は、お金を出さずに楽しめる方法というのを、いくつか考えておくことにしたのである。

第一の方法は、タダで楽しめる外出先を見つけることである。方法としては、教会通いと法廷の傍聴がある。教会通いは、まあ私の内面のことだが、裁判を聞くのは、テレビドラマを見るよりはるかにおもしろい。しかも入場料タダ。法廷は劇場以上に冷暖房完備。清潔、静寂。食堂・売店安価。

第二の方法はもうそろそろ始めているのだが、古い新聞の切り抜きを読む楽しみ、である。

不愉快なことを愉快にする

珍しく銀行で、少し大きな額のお金を下ろした。（中略）

するすると果たして、銀行の美人のお嬢さんが「このお金は、何にご使用ですか？」と聞く。そうれ来た。余計なお世話だ。第一、人の生活に踏み込んで、金の使い道を聞くなんて失礼だ、と私ならず、こういう銀行の態度を不愉快に思っている人は周囲に多い。

でも最近私は、不愉快なことを楽しくすることも、一種の「お金のかからない娯楽」と思うことにしているから、かねて考えている通りに答えることにした。

「ええ、好きな男にやることにしたんです。あなたもそうよね。好きな女の人にあげるのよね」

と私は夫の顔を覗《のぞ》き込んだ。家の修理代など、大体同額を出すことにしているから同行したのである。すると普段はぼけているとしか思えない夫が、こういう時だけは奇妙に機敏に話を合わせて「そう」と頷《うなず》くのである。

こういう銀行の質問は、ぼけた老人が振り込め詐欺に遭うのを親切で防ぐためだ、なドという人がいるが、そんなことはない。銀行は振り込め詐欺などまだなかった何十年も前から、高額のお金を下ろす度に、「何にお使いで」と無礼にも聞いていたのである。

私は一種の仕返しで、ニッコリ笑いながらこういうおちょくり方をしたのだが、銀行のまじめな窓口のお嬢さんはかわいそうだった。

大事なのは「何があるか」ではなく「何を見るか」

「山内さんは、今、生きていて楽しいそうだよ」

「すばらしい幻影だな」

「幻影だと？」

伊作は訊き返した。

「おじさん一人がいるくらいで、死に際が明るくなったり、暗くなったり、幻影だよ、それは」

「幻影でないものがあるか」

伊作は言い返した。

「すべて幻影さ。お前の言い方によると」

「そりゃあ、まあ、そうですけど」

「幻影にしても、私はけっこうすばらしい幻影を見て来たさ。要は眼の問題だ」

「眼？」

「何を見るかさ。現実に何があるかの問題じゃない」

死にものぐるいの生き方は美しい

すべての人生に対して深い敬意を払わねばならない。どんなに凡庸に見えようとも人間の一生は（それを見抜く眼さえあれば）どれも偉大であることがわかるからである。

＊

私は自分が働いている人間である。小説は虚業だが、実業の家事はかなり有能なつもりである。私はあまり無駄飯を食っていないように見えるが、それなら、一見、三食昼寝つきに見える家庭の奥さんが、無駄飯を食っているなどと思ったことはない。私は小説を書くことによって、人間の心は、「一見」などでわかるものではなく、どんな生き方も死にものぐるいであることを知った。

外で働く運命を持つ者もあり、家にいることによってその役割を果たしている主婦もいる。人それぞれに与えられた使命を人間的にがっしりと受け止めて、生涯に立ち向かうことが美しいのである。

何が長寿を決めるのか

人間の長寿は、いわゆる「いい食生活」とも、実は大した関係がない場合があると思われる。要は、自分に合った暮らしというものが大切なのだ。

もういやなことを考えている暇がない

疲れることがいやになったのは、年のせいだ、と誰かが言う。そうかもしれない、と私も思う。

好きなことは以前と同じくらいできるが、したくないことがうんといやになったのは、この先何年生きられるかと計算するからである。私はもういやなことを考えている暇がないと思う。

＊

亜季子はベランダの風の中に座った。

人生の半分を生きて、これから後半にさしかかると思うと、好きでないことには、もう関わっていたくない、とつくづく思う。それは善悪とも道徳とも、全く別の思いであった。一分でも一時間でも、きれいなこと、感動できること、尊敬と驚きをもって見られること、そして何より好きなことに関わっていたい。人を、恐れたり、醜いと感じたり、時には蔑《さげす》みたくなるような思いで、自分の人生を使いたくはない。この風の中にいるように、いつも素直に、しなやかに、時間の経過の中に、深く恨むことなく、生きて行きたい。

＊

自分の持ち時間には限りがあるのだから、時間は徹底して自分を上等なものにしてくれるものに使いたい。

血圧を下げる生き方

伸び伸びと無理をせず、自分の人生をできるだけ軽く考えることに馴れれば、血圧も下がるであろう。何より、かっとしたり、恨みを持ったりしないと、淡々と人生が遠くまでよく見えて来て楽しくなる。悲しいことがあっても楽しくなれるのである。

見栄を捨てたら自由になれる

勝ち気や見栄を捨てた時、人間は解放される。かつての私の首や肩のように、こちこちではなく、しなやかな感受性を持ち、自由になれる。その自由さの中で、人間は光り輝くように、その人らしく魅力的になり、賢げになり、金はなくても精神の豊かさを感じさせるようになり、大人物《だいじんぶつ》に見えてくる。

自分の弱点を淡々と他人に言えないうちは、その人は未だ熟していない人物なのである。

「できない」と「知らない」を言えれば楽になる

「できない」と「知らない」を言えれば、ものごとはすべて楽になる。

もっとも私は男の人たちの中に、おそらく一生に一度も「そのこと、僕は知らないんだ」と言ったことはないのだろう、と思われるほど、何でも知っている人に時々会う。

すべて知っている方がおかしいのに、それが秀才の気負いというものなのか、と気の毒になる。

しかし「知らない」と気楽に言えるためには、一つの条件が要るらしい。それは一つだけ何かの専門家、玄人《くろうと》になることだ。

そうすれば他のことは知らなくていいのだ。その一つの分野は、学問的なものでなくていい。料理でも、畑仕事でも、登山でも、木工でも、習字でも、茶道でも、昆虫研究でも、武術でも、一つだけ他人よりはほんの少し深く究めた自分の世界を確立した人は、「私はそっちの方は全然無知なんです。ごめんなさい」と素直に言って、それで世間も通る。

他人にどう思われても、自分の実像は変わらない。爪先《つまさき》立ちしたり、厚塗りの化粧をしたりしても、素顔は素顔なのだという現実を自覚すれば楽に生きられることが多い。

他人に自分のことがわかるわけはない

しかし考えてみれば、他人は自分を正確に理解してくれるだろう、などといい年をして思うことこそ、甘いのかもしれない。むしろ他人には自分をわかるわけはないのだ、という覚悟か自負のようなものがある方が無難なのだろう、とこの頃思うようになった。

人の噂を気にする年代は過ぎた

「広田さん、今さら人の噂も何もないでしょう。ないこと噂されても、別に困ることはないじゃないか」

「そりゃそうだけど、相手の弱みにつけ込んで、私があそこにしきりに出入りして、勝手なことをしてる、なんて疑われるのはいやなもんだよ」

「広田さん、もう何を思われたっていい年じゃないの。そんなことを気にしている時代は過ぎたよ。後は死ぬ前に、どれだけ自分の気に入ったことして死ぬかだけでしょう」

「いやにはっきり言うね。もちろんその通りだけどな」

自分らしく生きる以外に生きようがない

自分がどう思うかをはっきり知っていさえすれば、世論や人の意見にさして動かされずに済む。自分が偉いから動かされないのではない。人間というものは、自分らしく生きる以外には生きようがない。その地点を見つけられれば楽なのである。

*

私などは、大して立派な個性でもないのに、自分らしさのようなものにやたらに固執するのだが、それは私が自分の納得した生き方でなければおもしろく感じないからである。だからといって人も私と同じでなければつまらないだろうと思うのは、また余計なおせっかいというものである。

自分の考え方をするということに対して、世間にはその方が勇気のある生き方だと思う人もいるようだが、そんなことは決してない。私などは、自分が人と同じように考えねばならないとむしろ辛くなることが多いから、自分一人の判断をしようと思っているだけのことである。むしろ弱者の逃げ道というべきかもしれない。

❖自分のテンポで生きるということ

「昔、彼は言ったんです。僕は背伸びして生きたくない。自然な姿勢で、でも少し顔を上げるくらいの感じで、自分の興味のあることをして、自分のテンポで生きていたい、って。私はその時はそういう言葉が、何となく情けなくていやでした。でも彼はほんとにそんな感じで陽やけしたいい顔をして生きていました」

「お別れになって何年目？」

「もう十四年になります」

「よかったですね。いい生き方が一つでも見えたってすばらしいことだわ」（中略）

「あの人は、生きるというのはどういうことかよく見えてた人なんだなあと思いました」

「よく世の中が見えると、威勢のいい甘いことなんか言えないのね」

「そうなんです。私はばかでしたから、それがわかるのに、年をくってしまいました。でも、いい人生があるんだなあ、って安心しました」

ストレスを溜めない心の持ち方

自分らしくいる。自分でいる。自分を静かに保つ。自分を隠さない。自分でいることに力まない。自分をやたらに誇りもしない。同時に自分だけが被害者のように憐れみも貶《おとし》めもしない。自分だけが大事と思わない癖をつける。自分を人と比べない。これらはすべて精神の姿勢のいい人の特徴である。

ふと気がついてみると、私の周囲には、自分の出自を隠していない人ばかりになっていた。出自を隠さなければ、貧富も世評も健康状態も、あるがままに受け入れていられる。世間を気にしなくなるから、ストレスが溜まらない。犯罪を犯す必要もなくなる。そういう人とはいっしょにいて楽しい。どことなく大きな人だ、という感じを与える。だから私は私の友人を誇りにしていられるのだろう。

自分の恥を言えるのは成熟の証

若い時には、なかなか自分の恥をさらりと言えない。自分の失敗も、親の職業も、家に金がないことも、兄弟に困った男がいることも、今苦しんでいる病気もすべて隠さなくては、と思う。

しかし中年になれば、世界中の人は、多分自分と同じようなものだ、と思うことができるようになっている。若い時に試験に落ちて自暴自棄になったことも、ちょっと法律に触れるような行為をして生きて来たことも、女を捨てたことも、金を踏み倒したことも、何もかも笑って言える。（中略）

自分がいい人だということを信じていられるのは、精神の形態としては、よく言えば若いのだが、悪く言えば幼稚なのである。

私たちは人がする程度の悪いことなら簡単にできる。道に一万円札が落ちていると、できることなら届けずに着服したいという気分を一瞬でも持ったことのない人の方が少ないだろう、と私は思う。浮気、脱税など、できればしたいとほとんどの人が思うし、一生で激しく憎んだ相手に対して一瞬にせよ殺意を覚えたことのある人もそれほど珍しいわけではない。

聖書は、ありのままの自分を認識する勇気を高く評価する。それは人間性の成熟がなければできることではない。年長者、中年にならなければ、「私も同じようなことをしましたな」「私もそうしたでしょうね」とさらりと言えないのである。

❖ 他人の気持ちがよくわかる人

二人は踊り場の中途の小さな窓から川向こうを見た。浅草の灯は、虫けらのようにかたまって生きている人間の存在をあどけなく告げていた。

「河が汚いっていうけど、夜見ると、意外にきれいだろう。汚れた水の方がずっとよく光を映すみたいに思えないか？」

「そうねえ」

「人間だって同じだけどな。苦労してる人の方が、他人の気持ちがよくわかるからな」

「これがわたしです」と心から言えるか

たまたま『ミルトス』という隔月刊誌で、ヘブライ学者の前島誠氏が、「マタイによる福音書」の5章48節に出て来るイエスの「だから、あなたがたの天の父が完全であられるように、あなたがたも完全な者となりなさい」という言葉に関してすばらしい解釈を教えてくださっているエッセイを読んだ。

この「完全な」という言葉は、何か弱い人間にとっては圧迫として感じられることも多い。なれっこないことを要求されているような感じだからだ。新約聖書の原典はギリシャ語だが、この「完全な」という言葉の原語はヘブライ語では「シャレム」という語に当たり、「自然のままの状態」のことを指すのだという。「申命記」には神の祭壇の築き方について、鉄のノミなどを当てない自然のままの石で築くことを命じている。余分なところをノミで削り落として、扱いいいような恰好《かっこう》にして石垣でも祭壇でも作るのが当然だと、私たちは考える。しかしヘブライ人たちは「掘り出されたままの原石」を「エヴェン・シェレマー」と呼んで、それで祭壇を築いた。形も不揃いな石を積むのは却《かえ》って手間もかかる。しかし完全とは、人間が手を加えたものではなく、創《つく》られたままの姿のことだ、とヘブライ人たちは考えたのだという。

「人はいつ完全と言えるのでしょうか。自分のありのままを自分で認めた時です。飾らず恰好つけることなく、そのままの自分を『これがわたしです』と心から言えた時、その人は完全への道にあるのです」

と前島氏は書いておられる。その不恰好な自分も、そのまま使っていただいて、祭壇の石材になることは可能なのだ。

年を取って老年になるか、病気の末に自分の死の近いことを知るか、どのような経過を辿《たど》るにせよ、晩年にこうした冷徹な眼ができるとすればすばらしいことである。

物に執着する人に伝えたいこと

パウロは「テモテへの第一の手紙」でも言っている。

「この世で富んでいる人々に命じなさい。思い上がらず、頼りにならない富にではなく、むしろ、あらゆるものをわたしたちに豊かに与えて楽しませてくださる神に望みを置き、善業を行ない、善い業《わざ》に富み、惜しみなく施し、快く分け与え、未来のために良い基礎となる宝を自分のために蓄えて、真のいのちを勝ち取るように命じなさい」（6章17～19節）（中略）

年を取ると「死に欲」が出て、却って物質に執着するようになる、という現象は、私たちがあちこちで見るところである。しかし老年というものは、ほんとうは物に頼る時期ではない。

若い時なら、物質が運命を左右することもある。青年は、就職試験の時に、こざっぱりした背広を着ているかどうかで、相手にいい印象を与えて職を得るかどうかの運命の岐路をいい方に持って行くこともできるであろう。難病にかかった子供に充分な医療を受けさせることも、お金があれば、ということになる。

しかし老年は、もうどっちへ転んでも大したことはない。何しろ持ち時間が長くないのである。仕事の責任も多くはない。残っている仕事は重要なことが一つだけだ。それは、内的な自己の完成だけである。この大きな任務が残っているということについて、全く自覚していない老人が世間に多すぎる。もちろん自覚したからと言って、私たちがそのことをうまくできるというわけではない。私たちは若い時から、常に多くのことを望んでささやかな努力もして来たが、必ずしもそれを手にしたわけではなかった。しかし老年は、若い時には忙しさに取り紛れてできなかった自分の完成のために、まさに神から贈られた時間を手にしているのである。

聖書には人間が物質だけで生きるものではないことが随所に書かれているが、パウロの手紙のこの部分なども、死ぬまでの時間が短くなった人々にとっては、ほんとうに有益なことが示唆《しさ》されている。「感謝すること」と「与えること」と、である。

老後の幸福に欠かせない「感謝する能力」

実に感謝さえあれば、私たちは満たされている。感謝はことに老年のもっとも大きな事業である。もし人間が何か一つ老年に選ぶとしたら、それは「感謝をする能力」であろう。

老老介護ということが、みじめさの一つの姿だと思われるのは、一面で本当である。しかし、それをそうでなくしている人もいる。

＊

私の知人に一人ダンディーな男性がいる。もちろん彼ももう七十代の半ばで若いというわけではないのだが、数年前に大病をして治ってからは、再び与えられた健康に感謝すると同時に、家にずっといるのも退屈になって来た。幸い高齢者だから、朝早く眼を覚ますので、近くにある老人ホームの朝食の世話をするボランティアを買って出ることにした。四十代、五十代の女性職員もいるのだろうが、そういう人たちは家庭もあるから、なかなか施設の朝ご飯の面倒を見るために早く出勤するのは辛い。その部分をこの七十代が買って出たのである。

自分と同じくらいの年の人の世話をするということは、逆に楽しいことだ。自分の健康に改めて感謝する面もある。同じ世代だとちょっとした話も通じ易い。それにこの男性はなかなかすてきな人だから、お婆さんたちの人気は絶大だ。色気というものは何歳になっても大切なもので健康の秘訣でさえある。彼と一言二言話をするだけで楽しくなって、表情の和らぐお婆さんもいるし、彼にしても、もてて不愉快であるわけはないだろう。

誰でもいい。自分が持っている資質を無理のない程度で少し社会に役立て、同時に少しばかり報酬を得る、ということはすばらしいことである。しかし今の老人たちは、甘やかされることに馴れて、してもらうことが当然と考えている。老人であることは、別に地位でも特権でもないのにである。

「与える」と「得る」という、この世のからくり

人はその数だけ、特殊な使命を持っている。誰一人として要らない人はいない。そのことをはっきり自覚し、自分に与えられた運命の範囲を受諾し、そのために働き、決して他人を羨まない暮らしをすれば、誰でも今いる場所で輝くようになる。

その仕組みをわかる人だけが、人生で感謝を知るようになるだろう。感謝が幸福の源

泉だ。不平ばかり言っている人は、みすみす自分の周囲を黒雲で閉ざし決して陽射しを受け入れようとしない人である。感謝があると、自分の受けている幸福の一部を、他人に贈ろうとする。おもしろいからくりだが「与える」と「得る」のである。

「人生の始末」を忘れない

夫が九十一歳で亡くなったので、私も自分の命をあと五年前後と、仮に計算することにした。すると後片付けにちょうどいい年月だった。

その間、私は一切の新しい連載をやめ、書きかけだの、連載をしたままで、まだこまかい手入れもしていない本の原稿があるなら、その整理をして、本にしてくださるという出版社があればその方の手に渡し、焼くべき手紙や原稿は焼き、秘書には新しい仕事を探してもらう。こんな仕事にも五年は軽くかかる。(中略)

それより、私は他にしたいことがある。

昔『舞踏会の手帖』というモノクロの映画があった。うろ覚えの部分もあるが、社交界にデビューした初めての晩にワルツを踊ってくれた数人の青年を、何十年か後に訪ねて歩く女性の物語である。

　私の探し人の相手は、初めてダンスを踊ってくれた人ではない。「人生で会ってお世話になった人たち」を探すものだ。一言お礼を言うためなのである。従ってそれは恋の行く先を確かめるものではないが、それよりもしかするともっと重い人間的な意味を持つものかもしれない。（中略）

　そろそろこちらの体力も時間も限界に来ている。思いを果たせずに終わりを迎えることもあるだろう。しかし一言、「あの時はありがとうございました」と感謝を伝える時間があれば、私の一生も少しは跡を濁さずに済むかもしれない。

「始末」という言葉を、私も実に恐れげもなく使ってきた。しかし始めと終わりの意味で括《くく》られた一語で、人生の重さと変化をかくも明確に言い表している言葉に、私の知る限りのほんの少数の外国語の単語では、まだ出会ったことがない。

　日本語の字引では、「始末」は捨てることの意味で取り上げられている場合が多いが、始めがあったからこそ終わりにも巡り会ったのだ。

第七章　老いの試練は神からの贈り物

どんな天才も凡人も老化し、やがて死ぬ

人はすべて、自然の変化に従うという運命を持っている。誰もが老化し、やがて死を迎える。すばらしく平等である。その変化を、私たちは学ばねばならない。

老年の不運ほど人の心を育むものはない

四十を過ぎると、人間は日々少しずつ、当人は気づかなくても老いていく。いや化粧品メーカーの宣伝によると、二十五歳から、人間はどんどん老いるのだという。

五十、六十を過ぎると、人間は勝ち目のない闘いに追い込まれる。つまり人間はもう若くなることは決してないのだから、これから先、体力はどんどん弱くなり、能力は衰え、美貌（？）は失《う》せ、病気は次第に癒《なお》りが悪くなる。別に悪いこともしないのに、どうしてこんなひどい目に遭わなければならないのだ、と文句を言いたくなるようなものである。

しかし、人間は幸福によっても満たされるが、苦しみによると、もっと大きく成長する。ことに自分に責任のない、いわばいわれない不運に出会う時ほど、人間が大きく伸びる時はない。老年に起きるさまざまの不幸は、まさにこの手の試練である。

もし私が、そのような不運を若い時に味わったなら、私はそれをどう処理していいかわからなくて、自殺してしまったかもしれない。しかし、四十年、五十年、六十年あるいはそれ以上の体験は、それを受ける力を用意してくれているのである。つまり老年の苦しみは（私流に言えば）、神が私たちに耐える力があると見込んで贈られた愛なのである。

「老・病・死」が人間を完熟させる

「旧約聖書」がアダムとイヴの楽園物語によってアダムの犯した罪の結果を子孫である我々が受けつがねばならないと説明したのは、本来は永遠に幸福に生きるべき人間が、いやでも「老・病・死」という不当な運命に出会わなければいけないことを正当化するものであった。

しかし、あらゆる願わしくない、しかも不当な運命に会う時、人間は飛躍的に精神を太らせて来た。罰を受ける理由はないのに、「老・病・死」を苦しまねばならぬ時に、人間は初めてこの地球を全体として眺めることができるようになる。信仰や哲学がそのためにできた、などという言い方をしなくても、人間はその時になって初めて自分を把握し、自分の生命が数十年の使命を終えて無機物に還《かえ》るその過程を「受諾」する気持ちになれる。

つまりそれは、人間が自分を真に成熟したものとして育てるための、最後の贈り物なのである。

悲しみこそ人間の存在の証

作家として暮らした長い年月の間に、私はたくさんの未知の読者からの手紙を受け取った。そのような形で、ある人の人生の片鱗を見せてもらえるなどということは、そんなに始終あり得ることではない。私はそれを一種の光栄だと感じ、居ずまいを正すような思いで読むことにしていた。

多くの手紙は悲しみに溢れたものだった。もちろん喜びに満ちたものもあったが、悲しみを受け止める時、人はもっともみごとに人間になる。私はごく自然に、悲しみこそ人間の存在の証《あかし》だと思うようになった。それらの手紙に書かれたできごとは、珍しいことかもしれないが、決して異常なものではなく、むしろ普遍的な健やかな人生の断面において輝いていると思うようにもなったからだった。

高齢になっても、なお学び賢くなれる

老年は体力が落ち、病気もしがちになる。自分がいつまでも若くあらねばならないと無理をしたり、病気には全く意味がないと思ったりする人は、そこで躓《つまず》いてしまう。しかし人間は、あらゆる立場から学び、賢くなることができる動物なのである。

昔、私は怠けて教室で居眠りばかりしている学生だったが、ある日ふと目覚めると、

一人の神父が言っていた。

「フランスでは、『健全なる精神は健全なる肉体に宿る』とは思っていない。体が丈夫なだけで、何も考えないような人間はどうしようもない」

私の眠気はいっぺんに吹っ飛んだ。この時初めて、私は軽薄にも大学に入ってよかったと思ったのである。ヒルネから覚めた直後にこういうさわりのところを聞けたなんて、私はほんとうに運がよかった、と思ったのだ。

「お取り寄せ」の美食に熱中し、年より若く見えるために美容に狂奔することしか考えない人たちが年を取る時こそ、そこに空洞で荒涼とした救いようのない心的光景が待っている可能性もある。

日本は高齢社会の充実の姿を、開拓して見せねばならないのだ。

「病気は予防できる」は思い上がり

老年は一種の病気である。どんな健康な人も、長生きをすれば最終的に、この病気とだけは付き合うことになる。

病気はしない決心をして、あらゆる予防処置をした方がいい。しかし、しなくて済むと思い上がれるものでもない。病気をみごとに病むことができるかどうかが、人間の一つの能力であり才能だと私はいつも思うのである。

治らない病気に直面したら

人生の後半に、多分治癒はむずかしいと思われる病気に直面したら、その病気をどう受け止めるかを、最後のテーマ、目的にしたらいいのだ。

もちろん、これはきれいごとで済む操作ではない。途中で愚痴も言うだろうし、早く死んでしまいたいという思いになる可能性もあるだろう。

しかし苦痛や悲しみをどう受け止めるかということは、一つの立派な芸術だ。そしてそれを如何《いか》に達成するかは、死ぬまでなくならない、偉大な目的になるのである。

❖高齢者は機嫌よく暮らす義務がある

私は自分がまさに高齢者という当事者になって、一つ見えてきたことがある。それは、高齢者は毎日機嫌よく暮らさねばならないという義務だ。それさえできれば、高齢者でも他人に歓びと平和を与えられる。

機嫌よく生きられない理由も、私にはよくわかる。高齢者の多くは体に苦痛を抱えている。節々が痛んだり、排泄の不調があったり、息苦しかったり、顔が歪んだり、それこそ元気にしていられない理由はいくらでもある。

しかしそれでもなお、家族や周囲の人々を幸福にするには、老人は無理をしても明るい顔をしていなければならない。

*

誰にとっても、現世はうんざりすることだらけだ。せめて同じ時に生まれ合わせ、声だけでも交わす縁（昔は「えにし」と読んだ）を持った人とは、明るい声で、この一瞬をできるだけみじめでなく共有したい。相手も、たとえその時涙を流していようと、同じように声だけは明るく接しようとするだろう。そのお互いの努力が大切なのだ。

自分が不愉快なら、不愉快な声を出してもいい、ということは少しもない。むしろ自分の内心がどのようであろうと、平静と礼儀とを失わないように取り繕えるのが大人というものだ。

最後まで「人間」をやり続けられるか

もちろんどのような病人であろうと、ドクターたちは治療のために全力を挙げるだろう。しかしせっかく治した病人や怪我人が、ことに老年の場合、退院後ただ人に面倒を見てもらうだけで、笑顔もなく口をへの字に曲げて感謝もなくむっつりと「人間をやっているだけ」では、やはり治してくださった方たちに申しわけない気がする。しかしこういう心理は、医療関係者の側からは決して口にできないことだろう。

私は決して功利的な見方をしているのではない。フランクルは『夜と霧』で、アウシュヴィッツの絶望の中で、中庭に咲く一本のカスタニエンの木に咲く花を待ちながら死んでいった一人の女性を描いている。その人は、強制収容所に入れられる前は、現世の名誉も豊かさもすべて持っている人だった。強制収容所で、彼女はそれらのすべて、健康と未来までも失った。しかし花が咲くことに希望を託したその視線は、みごとに人間であり続けた証左だった。

高齢者にもおそらく同じ原理が当てはまると思う。みごとに最後まで、魂の部分で人間をやり続けることが、感謝の印なのである。

「大丈夫でない時は、死ぬ時だけ」

「大丈夫か？」

旦那さまは、微笑しようとしながら言った。

「ええ、大丈夫です。私、いつだって大丈夫なんですから」

その言葉には深い根拠はなかった。でも光子は、いつの間にか、「大丈夫です」と答えることをお母さんから習ったのだった。お母さんはいつも、そういうふうに答えた。風邪を引いている時でも、お金がない時でも、返事は同じだった。光子が問いつめると、お母さんは澄ましたものだった。

「大丈夫でない時は、人生で一度しかないのよ。死ぬ時だけ。でもそれは一回きりだからね」

＊

悲しいことに老化すると、ひたすら利己的になる。他者のために少しは努力しようという気がなくなる。それほど「自分をやっていく」だけで大変になるのだろうが、それでも歯を食いしばって、他人の存在を意識できる人でありたい。

自分以外のことにどれだけ心を使えるか

人間の人間らしさ、人間の精神性、人間の能力などというものを示す指数を何で測るかということになると、それはその人がどれだけ自分以外のことに心を使っているかというとになる、というのはおもしろいことである。

しかもそれが、自分の利得のためではだめなのである。自分がうまく立ち回りたい、自分がひどい目に遭いたくない、非難を受けたくない、などということのために動くことには、本当の意味での魅力がない。つまりそんなことくらい、エサにありつこうという犬でもすることであって、人間が人間しかできないことをしていることにはならないのである。（中略）

私たちは誰もが政治家でない以上、自分の力で、世の中の動きを大きく変えることはない。私たちが持っているのは、それぞれたった一票ずつである。しかし、この一票、あるいは一人の影響力が全く取るに足りないものだと思うのも間違いなのである。

私たちはまず慎ましく暮らすためになにがしかの物やお金、健康、家などがいる。しかし、自分が得たものを使って、自分のことだけをしていればいいというものでもない。自分一人が生きるだけでなく（たとえ考えたことが間違っていようと）少しだけ積極的に社会をよくするために一票を使い、さまざまな仕事もするのである。その意欲のない人というのは、どうも人間らしくない。

❖不運の中で他人を思いやる人たち

ある日、私は全く見ず知らずの方から、お電話をいただいた。亡くなった方は九州にお住まいのまだ五十代の男性だったというのだが、電話はそのお姉さんという方からだった。弟さんの遺書の中に、曽野綾子がお世話をしている恵まれない方たちのために、遺産の一部を送って欲しいということが書き残されていたのだという。私はある日、さわやかなご遺族の数人とお目にかかり、思いもかけない百万円のお志を受け取ったのであった。

この方もついに私のお会いしなかった「足長おじさん」だったが、このような方は決してお一人ではなかったのである。

私が白内障の手術を受けて、生まれてこの方見たこともないほどのはっきりした視力を得た時、私の知人のシスターが、やはりお金を届けてくださったことがあった。名前は言わないように言われているので明かすことはできないけれど、その方は手術に失敗して視力を失われた盲人だということだった。しかし曽野さんは眼が明いてよかった、ついては何かお祝いをあげたいが、それを聖ラザロ村の寄付にしてくれ、と言われた十万円を預かってきました、という。

私はその時も顔を上げられなかった。九州の男性といい、この盲人の方といい、自分がもはや命が長くないことを知り、あるいは、自分の眼が二度と光を取り戻せないことを知っていた。私だったら、その時、ただ狂気のようになるだけだろう。しかし、お二人とも、その苦悩の最中でも、なお他人の運命を考える心を持っておられたのだ。こういう方を英雄と言わなくて誰を勇気ある人と言うのだろうか。

老年の仕事は寂しさに耐えること

「こういうあまりにも透明な景色も精神によくないんですよ。月は光っているし、海はいつも躍っているし、花も椰子《やし》も陽気だし、月だけでなく月の傍に、ああして星まで光ってるじゃありませんか。きれいすぎるんだよ。ここの風景は」

「なぜ、きれいな景色が悲しいのかしら」

一瞬、夫人は子供のような聞き方をした。

「現世でなく、永遠を思うからですよ。そうすればどんな人間も、死にぶつかるし、それは別離だし、別離の先には孤独があるんだから」

「老年というものはね、寂しさに耐えることなのよ。それも一刻一刻ね。寂しさと正座して向かい合っていなければならないの。それはわかっていたんだけど……」

「勇敢に向かい合っておいででしょう。そういうふうにお見受けしますが……」

「そうね。多分」

孤独を味わわないと人生が完結しない

一人の人間が、生の盛りを味わう幸福な時には、死は永遠のかなたにあるように見える。しかしその同じ人が、必ず生涯の深い黄昏に入って行く時期があるのだ。それでこそ、多分人生は完熟し、完成し、完結するのだ。だから人は、「さみしさ」を味わわなくてはならないのだ。私はもうその経過をいやと言うほど多く見て来た。

❖いくつになっても気の合う人と食事ができれば、人生は成功

ただ人生は意外と優しいもので、一人で生きにくかったら、そうしなくても済むかもしれない方法が実はたくさん用意されていることを知っておいてもいいかもしれない。

今私が望んでいるのは、話の合う人たちといくつになっても食事をすることだ。外へ食べに行ってもいいが、自分の体が利いたら、私は料理が好きなのだから、自宅でお惣菜を作って食事に招きたい。「イワシの丸干しだって尾頭付きなのよ」と言うと皆納得している。かつてどのような偉いポジションで仕事をしていた人にでも、後片付けの皿洗いは手伝ってもらっていいだろう。

人生の時間を、縁のある、気の合った他人と少しずつ共有することができたら、それは大きな幸福だし、成功なのだと思えばいい。しかしその基本には、一人で生きる姿勢

が必要なのである。

晩年はその人の美徳をもっともよく表す

思えばやはり、孤独というのは、青春の言葉ではなかった。老年の孤独には、歯が浮くような軽薄さがない。それはしっとりと落ち着いている。

おそらく私をはじめとして、多くの人々が老年と晩年の孤独を恐れている。あるいは、予想もしなかったその孤独の到来に当たって、苦悩に身をよじっているか、自分の死を早めることとさえ願っている人もいるだろう。

しかしすべて人間は不純なものだ。人々はなかなか「その通りにはできない」のである。つまり喜んで生きることもできないが、自殺する決意もつきかねているのである。

フランシス・ベーコンもその『随筆集』の「逆境について」の章の中で言っている。

「順境の美徳は節度である。逆境の美徳は忍耐である」（中略）

「順境には多くの恐れと不愉快がなくはない。そして逆境に喜びと希望がなくはない」

「順境は悪徳を一番よく表すが、逆境は美徳を一番よく表すものなのである」
孤独に苛《さいな》まれる晩年が逆境だとしても、こうした位置づけはまた可能なのである。

❖人生最後の腕の見せどころ

「私は裸で母の胎《たい》を出た」というのは、旧約聖書の中で何度か繰り返される言葉だが、ほんとうに私たちは、例外なく誰もが、才能も金も着物も体の強さも、何も持たずにこの世に生まれたのである。それを思えば、すべて、僅かでも与えられていることは偉大な恩恵であった。老年の幸福は、この判断ができるかどうかだろう。

老年は（ぼけるまでは）、幼児と違って、自分で幸福を発見できるかどうかに関して責任がある。最後の腕の見せどころなのである。

❖誰もが幸せになれる簡単な方法

幸福になる秘訣は、「あるもの（自分に与えられているもの）を数えて喜んで生きる」ことなのだ。しかし多くの人が「ないもの（自分に与えられていないもの）を数えて不服を言う」。

歩くこともできない病気の人から見たら、歩けるだけで大きな恩恵だ。口から食事ができなくなった老人と比べたら、自分で大きな握り飯をぱくぱく食べられる人は天国の境地にいる。それなのに、人間はいつも不服なのである。

＊

おもしろいことに、男はたいていの場合「結婚とはこんなものだろう」と思い、女は「結婚とはこんなはずじゃなかった」と考えるのだ。

「よその家は、皆、自分の家にないものを持っている」という美佐子の発想が相馬には滑稽でもあり哀しくもあった。ああいう不幸感にとりつかれた女は、おそらくこの世に充満しているに違いない。そしてまわりのものは、全部輝いて見えるのだ。

◆生まれる国は選べない

老世代は「健康が何よりですね。年を取るとそれをしみじみ感じますすね」と言う。人並みなことや当たり前なことは、健康なうちゃ若い時は、少しもいいこととして実感されない。若い時は、歩けて当たり前、食べられて当たり前、自分で思うように排泄ができて当たり前なのだ。

しかし七十歳、八十歳になると、次第に当たり前のことができなくなるのを感じる。腰や膝が痛くなって歩けなくなる。義歯になったり胃の病気をしたりして、思うように食べられなくなる。排泄の不調はことに深刻だ。おむつを人に替えてもらうようになれば、人格の尊厳が失われるように感じる人まで出る。

こうなると暗くなって当然かもしれない。しかし身の不幸を嘆いて「こんな生活なら死んだ方がましだ」と呟いたり、世話をしてくれる人のやり方が気に食わないと言って当たり散らしたりすると、介護する側はいっそう気が滅入《めい》ってしまう。

それでも日本の社会と人は、国民を見捨てはしない。日本の、と言ったのは、アフリカなどでは今でも国民健康保険だの、生活保護法だの、国民年金などない国が多い。困窮した人々の生活を救うのは、部族の組織か、人々の慈悲の感情だけで、子供を腕に抱えて物乞《ものご》いをする人たちの姿を見るのは、ごく普通のことである。

日本社会はこうした国々の現状から見ると天国を実現した。家族から捨てられることはあっても、社会から見放されることはない。どんなに無力でも、社会は必ず屋根の下に収容し、食べさせ、体を拭き、排泄を助ける。そんなことのできる国が世界中にそうあるわけではない。

私たちはただ幸運だけでこうした国に生まれた。日本に生まれるために、努力したのでもなく、金を払ったのでもない。

贅沢を自ら放棄する美学

日本人は、ありあまる衣服を持ち、飽食して太るのを気にする。Tシャツを一枚もらうことや、お菓子を一個もらうことに、大きな幸せを見つけられる子などめったにいない。肉など毎日おかずに出て当たり前だ。
私たちは世界で有数の、幸福不感症の国民になった。そしてその不幸にさえ全く気がついていない。

*

世界のレベルの中で自分の一生を考えられることは大切なバランス感覚だ。さらに人間の徳の領域としては、時には可能な贅沢さえ、自ら放棄する美学が最期まであってもいいだろう、と思う。

他者に感謝をし続けられる病人でありたい

人間いかに生き、いかに死ぬべきか、ということには、選べない部分もある。今日は私の判断が僅かでも私らしく生きていて、いささか配慮らしいものができたとしても、明日の保証はない。明日は人格ががらりと変わるかもしれない。その日のために、今から知人の誰彼に謝っておくより他はない、というのが私の思いだ。

もし最期まで、他者に対する思いやりと感謝を続けられる病人であり死者であれたら、こんなにすばらしいことはない。俗世でどんな出世を遂げるよりも成功者だ。

ありがとうを繰り返して逝った夫

夫・三浦朱門の死を考えると、私は、あの人は何とうまくこの死という最後の難関を超えたのだろう、と思わざるを得ない。世間には、妻に先立たれたり、子供の死を見送ったりする苦しみを味わう人もいるというのに、三浦朱門は、家族の誰一人も失うという悲しみを味わわなかった。それだけでも幸運と言えるのに、人生の終わりに当たって、ほとんど苦しまず、裏切りにも遭わず、深い憎しみを持つ相手など一人もいず、何より一切の雑用もせずに、好きな我が家にいて、ありがとうを繰り返して死んだ。

九十一歳という高齢まで一応健康で、人間らしく毎日を過ごせたということも、どんなにすばらしいことだったろう、と途上国の暮らしをしばしば見て来た私は思う。適当に質素な食事をし、知的刺激に全く事欠かなかったからこそ、死の間際まで自分の足で歩いて本屋通いをする楽しみもかない、高血圧でも糖尿でもなかったから好きなものを食べ、歯も全部自前であった。視力も充分にあり、薄暮の中で眼鏡もかけずに本を読んでいた。これらはほんとうの豊かな社会の恩恵を受けた結果だ。

「これは女房に殴られたんです」

二〇一七年に入って、ほとんど固形物を口にしなくなってから約一カ月後の一月二十六日、朱門は血中酸素量が極端に下がったというので救急車で病院に搬送され、そこで約九日間、末期医療の看護を受けた。決して放置されたのでもなく、投げやりな死を迎えたわけでもなかった。朱門は現代の日本国民として充分な医療の恩恵を受け、意識のあるうちに息子夫婦にも、イギリスに留学中の孫夫婦にも会い、最後の夜は私が病室のソファで過ごし、華麗な朝陽の昇るのに合わせて旅立っていった。入院の日、ERから病室に移された時、まだ囁くような声の会話ができたので、私は、

「あなた、ここは病院なのよ。看護師さんたちも、まだおなじみでない方たちなのよ。だから女房の悪口は、初めからしっかり言わないと浸透しないわよ」

と言った。夫はそれまでも、よく転び、その度に額や眼のまわりに青痣《あおあざ》を作った。

「三浦さん、どうしたんです？」

と訊かれる度に、夫は大喜びで答えていた。

「ええ、これは女房に殴られたんです」

女房がいかに悪い女で、自分は虐げられているかということがわかれば、同情され、ついでにもてるだろうという計算である。彼は若い時から仲間うちでは評判の不良青年であったから、その頃に覚えた手口である。

「女房に殴られたんです」という科白《せりふ》を聞くと、初めての人は顔をこわばらせ、しばらくするとゲラゲラ笑うようになる。しかし入院したばかりの病院は、まだこの手の悪口を受け入れるには処女地だ。だから頑張って喧伝しないと、おもしろい状況にならないわよ、と私は言ったのである。

するとと低酸素で普通なら生きていられないような病人が言った。

「あれはもう古びたから、新しいのにする」

つまり、短くて明瞭で一言で強力なパンチの効く女房の悪口も、長年使って来たのはおもしろくない。近く新しいヴァージョンを考えて変える、ということだ。

❖ 感謝のインフレーション

それから数日間ということは、死の一週間ほど前、まだ昏睡に落ちる前だが、彼は時々いつもの彼らしい片鱗を見せた。

看護師さんのお世話になる時、私は、

「ありがとう、を申し上げないの？　ありが二十《にじゆう》は？」

と言うことがあった。入院する前、朱門は近くの老人ホームにショートステイで「お泊まり」をする体験をしたことがあった。そこで若い看護師さんに習って来た流行語ではないかと思うのだが、その時から「ありが十《とう》」ではなくもっと深い感謝を示す時に「ありが二十」という「若い子ちゃん風」の言葉を使うようになった。

私が促すと朱門は低い声だったが、穏やかな表情で「ありが四十《よんじゅう》」と言った。すさまじいインフレーションで、感謝の度合いは倍々ゲームで増えていたのだが、それも彼独自の数の感覚を盛り込んだ表現だった。彼はまわりのすべての人と、日本の社会にも感謝していたのである。

この世は「永遠の前の一瞬」

霊魂の不滅を信じる人々は、この世が、永遠の前の一瞬である、という言い方をする。そう思えない人にとって、死とは眠りにつくのと同じことなのだろうか。この世に生きていた頃、これほど多くのことを考え、思い、喜び、悲しんで来た心が、突然、その働きをやめてしまうことがあるのだろうか。

もし、死とは、制約の多かった肉体とは、くされ縁を切って、そして魂だけが、自由に生きながらえられることであったらどうだろう。

キリストの一生ばかりでなく、私たちの一生も、悲しみや苦痛と無縁ではあり得ない。

しかし、肉体と霊魂が一致して生きる、たかが数十年の人生は、地上に出た蝉の短い生涯のように、この上なく貴重で、おもしろいものだと思わなければならないだろう。苦しみさえも、甘受するのが当然だと言えるほど、人生は短くて一回きりのものなのである。

それを思うと、やはり自分に与えられた生活を生き抜かなければいけないと思う。

死ぬまでおもしろく生きる才覚

社会の状況など当てにせず、一人一人の才覚で、我々老人は死ぬまでおもしろい老後を生きる道を、自分で発見しようとした方がいい。(中略)

私は膠原病《こうげんびょう》の一種のシェーグレン症候群で、数日おきに微熱が出て、だるくて動けなくなる。それでも、私は旅行に出るし、できるだけしたいことをして、病気と付き合わないようにしている。

もういつ死んでもいいという感覚には、すばらしい解放感があった。冒険に出たかった青春が再び戻って来たようだ。しかし青春と違うのは、私が常に終焉《しゅうえん》の近いのを感じつつ生きていることだ。それゆえに、今日の生はもっと透明に輝いてもいる。

人間はただ辛くて頑張れない時もある

人間にとって大切な一つの知恵は、諦めることでもあるのだ。

諦めがつけば、人の心にはしばしば思いもしなかった平安が訪れる。しかし現代は、諦めることを道徳的にも許さないおかしな時代になった。いつどの時点で、どういうきっかけで諦めていいのか、そのルールはない。その人の心が、その人に語りかける理由しかない。

改めて言うが、できたら諦めない方がいい。津波の時でも、ほんのちょっとしたことで手に触れたものをつかんだから生きた人もいた。上がって来る水が次第に天井に迫って、もう息をする空間がないからだめだ、と思いかけた後で、ほんの数センチを残して増水が止まったのを知った人もいる。すべて諦めなかった人たちである。

しかしこの世に、徹底して諦めない人ばかりいると、私はどうも疲れるのである。できるだけは、頑張る。しかし諦めるポイントを見つけるのも、大人の知恵だ。「頑張ります」も「必ずやります」も、実は若者の言葉だ。もっとも私は若い時から、そういう言葉を使ったことがない。希望としては頑張りたいのだが、自分の心身がそれについていかない時点があることをよく知っていたからだ。

だから「私は一生書きます」とも言ったことがない。八十歳を過ぎたこの年になれば、私はもしかすると死ぬまで細々と書いて来たという作家生涯を送ることになるのかもしれないが、それとても全く偶然である。人間はただ辛くて、それほど頑張れない場合もある。

諦めることも一つの成熟なのだと、この頃になって思う。しかしその場合も、充分にさわやかに諦めることができた、という自覚は必要だ。

つまりそれまで、自分なりに考え、努力し、もうぎりぎりの線までやりましたという自分への報告書はあった方がいいだろう。そうすればずっと後になって、自分の死の時、あの時点で諦めて捨てる他はなかったという自覚が、苦い後悔の思いもさしてなく、残されるだろう。

人間は苦しいことがあると上等になる

「だから私、もうぜんぶ諦めたの。一人だと思えばいい。そうしたら、お客さん、怖いものもなくなったの。この世がいいとこだと思ってる人は死にたくないよね。でもこの世が悲しいと、死ぬことなんかありがたいことに平気になるの」

「旦那さんは、どんな人だったの？ 最後に聞いて帰りたいな」

「主人は五十歳で死んじゃったんですけどね。漁船に乗ってて、いい男だったのよ。優しくて、白い歯出してよく笑うしね。私の作る味噌汁はうまいうまいってよく食べるし、二人でいつも朝日の中でご飯食べたもんですよ。あの頃は幸せだったのよ。ああいう暮らしが続いたら、私、とても死ねなかったね」

「でも、今は死ぬのが怖くなくなった……すばらしい悟りじゃないか」

「そう、お坊さまが言われましたよ。人間苦しいことがあると、人間が上等になるんだってね。だから私は、息子に感謝してるの。ほんと、お客さん、息子のこと、どうか悪く思わないで頂戴」

*

この世には不運ということがある。また、断念ということをしなければならぬ時もある。ところが、これらのことも社会では認められにくい。社会の側からは不運の結果をなくすようにし、断念しなくて済むように制度を作るべきなのだが、個人の側からは不運と断念を避けて通ってはならない。

なぜなら不運を認めることと、断念を承認することとは、人間完成の上に不可欠のものだからである。不運を認めない人は、自分の人生を本当に手に入れられない。断念を承認しない人は、人生を完結させせられない。

死に易くなる秘策

死に易くする方法は二つある。一つは毎日毎日、楽しかったこと、笑えたことをよくよく覚えておくことだ。私の家庭は自嘲を含めてよく笑っているから、種には事欠かない。

もう一つは、正反対の操作になるが、辛かったこともよくよく覚えておくことだ。死ねばいやなことからも逃れられる。もう他人に迷惑をかけることもない。私が他人に与えた傷も、私の存在が消えると共に少しは痛みが減るだろう。考えてみるといいことずくめだ。

何もかもがありがたく見える地点

五十歳になった時から、私は毎晩一言だけ「今日までありがとうございました」と言って眠ることにした。これはたった三秒の感謝だが、これでその夜中に死んでも、一応のけじめだけはつけておけたことになる。

しかしもし一方で、人生を暗く考えがちの人がいるとしたら（私もその一人だったが）、人生はほとんど生きるに値しない惨憺《さんたん》たる場所だという現実を、日々噛みしめ続けることである。そうすれば死に易くもなる。

全く、現世はろくなところではない。愛し合わない夫婦が共に暮らすことは地獄の生活である。しかし愛し合っている夫婦の死別もまた、無残そのものである。どちらになってもろくなことはない。

戦争も平和も、豊かさも貧困も、もし強い感受性を持っていたら、それなりに辛い状況である。貧困は苦しいが金持ちならいいだろうと思うのは、想像力の貧困の表れである。

この世が生きて甲斐のないところだと心底から絶望することもまた、すばらしい死の準備である。私は基本的にはその地点に立ち続けてきた。

しかしそう思っていると、私は自分の生悟《なまさと》りを嘲笑《あざわら》われるように、すばらしい人にも会った。感動的な事件の傍らにも立ち、絢爛《けんらん》たる地球も眺めた。それで私は夜毎に三秒の感謝も捧げているのである。

「この世の地獄を見た、という感じは悪くない」

「僕は密《ひそか》に節子に感謝してる……」

「何を？」

「まともに言うと皮肉ととられそうだな」

「どういうこと？」

「僕は、人より、死に易い人間だ、と思ったんだ……」

「死に易い、って？」

「死ぬのが楽だ、ということだよ」

「どうして？」

「僕はこの世で、天国も見たし、地獄も見たからさ」

私は息をのみました。

「私が地獄を見せたのね」

「いや、そうじゃない。意図して地獄を見せてやれる能力を持つ人間なんてない。ただ、いささか疲れたね。誰にもどうにもしてやれないんだからね。しかし、この世の地獄を見た、という感じは悪くないんだ。確かに、死を受容し易くなっている」

自ら納得した結末の死は明るい

すべてのものごとは、それを受け身でいやいや受け取るか、積極的に受け取るかで、大きく意味も変わって来る。もし死を、理性ある人の自ら納得した結末だというふうに受け取れれば、そこには明るい陽射しが見えて来るのだ。

それを納得させてくれる光景を、自然はどこにでも用意している。それは家に一番近い川べりや公園でいい。さもなければ、町中《まちなか》の銀杏《いちょう》並木でいい。秋になると、木々の多くは紅葉し始める。黄や赤に染まった葉は一瞬の艶《あで》やかさを見せ、やがてそれは乾いた大地の色に近づく。瑞々《みずみず》しい命が遠のく様相である。

葉が落ちかける頃、毎年のように私は言う。

「しばらくの間、落ち葉掃きが大変だわ」

銀杏や欅《けやき》並木に家が面している人も呟く。

「落ち葉は滑りますからね。年寄りが滑って転ぶと大変だから、落ち葉の掃除はやらなきゃならないんですよ」

それからほんの二、三カ月で、私たちは再び棒のようになった枝を見上げて言う。
「もう蕾《つぼみ》が膨らんでるわ。春の気配よねえ」（中略）
森や並木道の木の葉が一斉に落ちるのは、死の操作ではない。それは生の変化に備えるためである。それが納得できれば、自分の死も、他者の生のために場を譲ることだと自覚できる。そしてその死を積極的に迎えようとする計画もできるはずなのである。

誰もがひとかどの人物になれるチャンス

人生の最後に、収束という過程を通ってこそ、人間は分を知るのだとこの頃思うようになった。無理なく、みじめと思わずに、少しずつ自分が消える日のために、事を準備するのである。成長が過程なら、この時期も立派な過程である。

余計なものはもう買わない。それどころか、できるだけあげるか捨てて、身軽になっておかねばならない。家族に残してやらねばならない特別の理由のある人は別として、家も自分が死んだ時にちょうど朽ちるか古くなるように計算できれば最上だ。

今まで何か催しがあれば、上席に据えられていた身分の人でも、職を引き、年を取れば、ただ年齢の上で労《いたわ》られるだけの人になる。最近の風潮では、高齢者だからと言って労ることさえせず無視されて末席に捨ておかれるかもしれない。しかしその時こそ、末席の楽しさを知るべきだ。末席が一番よくすべてが見える。(中略)

今までの権力や実力の座から離れ、風の中の一本の老木のように、一人で悠々と立つことを覚えるべきなのだ。今までは、会社や組織という系列で守られた並木の一本であった。あるいは文化財に指定されて皆が見物に来るような名木であり得た。そうでなくてもしっかりした木は、材木として価値はあったろう。しかし古い木は薪《まき》の値段になる。

傍《はた》の評価はどうでもいいのだ。きれいに戦線を撤収して、後は自分のしたいような時間の使い方をする。誰をも頼らず、過去を思わず、自足して静かに生きる。それができた人は、やはりひとかどの人物なのである。

❖ 死は人間の再起である

死を目前にした時、初めて私たちはあるべき人間の姿に還る。それを思うと、死の観念は、人間の再起であり、覚醒《かくせい》なのである。

❖死に際に得られるもの

かつて私は安楽死を認めないカトリックの一人の神父が「死ぬ時は一回なんですからね。充分に味わって死ななきゃいけないんですよ」と言ったのを聞いたことがある。もはや、意識のなくなった臨終直前の病人にも、時々雪国の冬の日に鉛色の雲の切れ目から、信じられぬほど明るい陽が射すことがあるように、予期せざる静かな優しい透明な自覚が、恩寵のように与えられることがあると聞いていた。

一人の人間の一生が、たとえそれまでどれほどに混沌《こんとん》とした汚辱《おじょく》の中にあろうとも、死ぬ寸前の朝露のような貴重な一時《ひととき》に、たとえ口がきけなかろうとも、彼が自分の生涯を振り返って、澄んだ明晰な結論を出せたら、その「生」は誰に知られなかろうと、成功したものになるのであった。もし人為的に死を早めれば、その何ものにも換えがたい大切な一刻を奪うことになるかもしれないのである。

終わりがあるのは救いである

人間は、おしまいになることを常に恐れている。

体験上もっともなことだ。お財布の中の最後の千円札がなくなれば、危機感を覚える。別れはいつも辛い。愛の終わりは生涯忘れられない打撃である。死別は決定的な喪失だ。時が癒してくれるのを待つ他はない。それらすべてがある状態の終わりにやって来るのだから、人間がそれらを恐れるのは当然だ。

しかし私は、終わりがあることは救いだということを知っている。（中略）

もしものごとに終わりがなかったら……と考えるとこんな恐ろしいことはない。地球のすべての営みは老化し、停滞し、果ては無残な崩壊を見せるだけだ。どんないやな仕事でも、期限があれば耐えられるし、いやな人とでも数日の付き合いなら何とか過ごせる。

人間の後半生には、ありがたいことに立派な仕事が発生する。老化を人間らしく受け止め、病気があればそれに耐えることと、死という仕事を果たすことである。

仕事があるということは、たとえそれが死であっても、すばらしいのである。何もすることがなかったら、それは拷問なのだから。未だ人間に与えられていない極刑があるとしたら、それは、永遠に死なないという刑罰だろう。それこそ願わしい状態だという人がいたら、それはイマジネーションの足りない人であることを示している。

＊

「百年後にはすべて同じである」ということわざもあった。

百年後には、今生きている人たちはほとんどいない。それは悲しみではなく、一つの解放感であることを、今、私はしみじみ感じている。

荷を下ろせばさわやかな風が優しく慰めてくれる

老年や晩年の知恵の中には、荷物を下ろすということがある。達成して荷を下ろすだけではない。未完で、答えが出ないまま、終着地点でなくても荷物を下ろす時がある。普通人間は荷物を下ろす時には、必ずその目的を達成し、地点を見定めて下ろすものなのだが、死を身近に控えれば、そのような配慮はもう要らなくなる。

そっと人目を避けて木陰で荷物を下ろせば、さわやかな微風がきっと私たちの汗ばんだ肌を、優しく慰めてくれるものなのだ。

死後の再会を楽しみに生きる

これは私の甘い夢だと言えばそれまでなのだが、私はやはり死後の再会を楽しみにしたいと思う。私はあの人にもこの人にもあの世で会うつもりなのである。そしてそう思えることは、本当に楽しい期待である。

ことに長生きして、配偶者や子供たちが先に死んでいるような人の場合、死はまさに再会の時であろう。何で恐怖や悲しみを感じる必要があるだろう。

出典著作一覧

〈小説・フィクション〉

『夫婦の情景』〈秋風の中の風鈴〉新潮文庫
『燃えさかる薪』中公文庫
『観月観世』集英社文庫
『円型水槽　上下』中公文庫
『幸福という名の不幸　上下』講談社文庫
『二月二十日』〈櫻の家〉〈道のはずれに〉〈四つ割子〉新潮文庫
『ブリューゲルの家族』光文社文庫
『無名碑　上下』講談社文庫
『一枚の写真』光文社文庫
『天上の青　上下』新潮文庫
『時の止まった赤ん坊』海竜社
『生命ある限り（全）』〈或る自叙伝〉角川文庫
『わが恋の墓標』〈海の見える芝生で〉新潮文庫
『黎明』徳間文庫
『残照に立つ』文春文庫
『寂しさの極みの地』中公文庫

『夢に殉ず』新潮文庫
『アレキサンドリア』文春文庫
『極北の光』新潮文庫
『花束と抱擁』〈箱を覗く〉新潮文庫
『この悲しみの世に』講談社文庫
『紅梅白梅』講談社文庫

〈エッセイ・ノンフィクション〉
『さりげない許しと愛』海竜社
『晩年の美学を求めて』朝日文庫
『人生の原則』河出文庫
『透明な歳月の光』講談社文庫
『完本　戒老録』祥伝社黄金文庫
『生きる姿勢』河出書房新社
『老境の美徳』小学館
『言い残された言葉』光文社文庫
『生身の人間』河出書房新社
『人は最期の日でさえやり直せる』＊ＰＨＰ文庫
『悲しくて明るい場所』光文社文庫

『砂漠・この神の土地　サハラ縦断記』朝日文庫
『緑の指』ＰＨＰ文庫
『狸の幸福』新潮文庫
『中年以後』光文社文庫
『至福の境地』講談社文庫
『貧困の僻地』新潮文庫
『引退しない人生』＊ＰＨＰ文庫
『魂の自由人』光文社文庫
『老いの冒険』＊興陽館
『風通しのいい生き方』新潮新書
『正義は胡乱』小学館
『心に迫るパウロの言葉』新潮文庫
『ほんとうの話』新潮文庫
『出会いの神秘』ワック
『ただ一人の個性を創るために』ＰＨＰ文庫
『幸せの才能』朝日文庫
『人びとの中の私』海竜社
『二十一世紀への手紙』集英社文庫
『自分の顔、相手の顔』講談社文庫

『地球の片隅の物語』PHP研究所
『人間関係』新潮新書
『謝罪の時代』小学館
『それぞれの山頂物語』講談社文庫
『絶望からの出発』PHP研究所
『まず微笑』三浦朱門氏、遠藤周作氏との共著、PHP文庫
『なぜ人は恐ろしいことをするのか』講談社文庫
『夫婦、この不思議な関係』PHP文庫
『七歳のパイロット』PHP研究所
『自分の財産』扶桑社新書
『あとは野となれ』朝日文庫
『大説でなくて小説』PHP研究所
『人生の醍醐味』産経新聞出版
『バァバちゃんの土地』新潮文庫
『流される美学』＊興陽館
『誰にも死ぬという任務がある』徳間文庫
『ないものを数えず、あるものを数えて生きていく』＊祥伝社黄金文庫
『不幸は人生の財産』小学館
『酔狂に生きる』河出書房新社

『人間にとって成熟とは何か』幻冬舎新書
『私を変えた聖書の言葉』講談社文庫
『都会の幸福』PHP文庫
『老いの身辺をさわやかに生きるための言葉』＊イースト・プレス
『ほくそ笑む人々』小学館
『日本人の甘え』新潮新書
『辛うじて「私」である日々』集英社文庫
『誰のために愛するか』祥伝社
『立ち止まる才能』新潮文庫
『人生の収穫』河出書房新社
『人間の愚かさについて』新潮新書
『人生の後半をひとりで生きる言葉』＊イースト・プレス
『人は怖くて嘘をつく』産経新聞出版
『三秒の感謝』海竜社
『産経新聞』コラム「透明な歳月の光」2017年3月8日
『産経新聞』コラム「透明な歳月の光」2017年1月18日
『産経新聞』コラム「透明な歳月の光」2017年3月22日
『新潮45』コラム「人間関係愚痴話」2017年7月号
『産経新聞』コラム「透明な歳月の光」2017年5月10日

『月刊WiLL』コラム「その時、輝いていた人々」2017年4月号
『週刊現代』コラム「家族を見送るということ」2017年3月4日号

＊がついている本は「まえがき」から引用しました。